KB089265

香香
1

香
향
1

관음출판사

心
光

한 가닥 피어올라
허공천(虛空天)을 향하니
허공천이 향운계(香雲界)를 이룬다.

香
향

心
光

한 가닥 피어올라
허공천(虛空天)을 향하니
허공천이 향운계(香雲界)를 이루고

허공천(虛空天)
향운계(香雲界)에서
향수(香水)의 비가 내려
바다에 떨어지니
바다가 향수대해(香水大海)를 이루고

향수(香水)의 비가
땅에 떨어지니
향지계(香地界)를 이루어
산천초목(山川草木)이 향림계(香林界)를 이루며

만 생명의 혼(魂)이
향혼(香魂)이 되어 향심계(香心界)를 이루니
허공삼라(虛空森羅) 시방계(十方界)가
일향계(一香界)를 이루네.

香담은 글

여는 글

1장_ 기품(氣品)의 향기

2장_ 승화(昇華)의 향기

4장_ 이성(理性)의 향기

여는 글

눈에
보이는 것이
잠자는 생명감각을 일깨우고

귀에
들리는 것이
깊이 잠긴 생명의식을 일깨워 깨어나게 한다.

눈에 보이는 현상이
귀에 들리는 소리들이
마음에 비치어 가지가지 생각을 불러일으켜
무한 빛깔 사유의 세계가 펼쳐져,

눈에 보이는 세상과
귀에 들리는 것에 동화되어
서로 어우른 하나의 삶의 세계를 이루어
존재, 생명의 삶이 흐르고 변화하며
시간 따라 흐르는 변화의 세상과 삶의 흐름 속에

지금
그렇게 어우른 존재의 모습으로
눈에 보이는 현상으로
귀에 들리는 세상 소리에 어울려 하나가 되어
변화와 흐름을 따라

자기
존재의 가치를 추구하고
삶의 정신, 자신의 빛깔과 향기를 발하며
눈과 귀가 하나로 어우른 세상 속에
이 순간에도 그렇게
존재의 삶이 흐르고 있다.

삶의
아름다운 정신,
가치 있는 혼의 빛깔과 향기는
우연히, 그리고 그냥 형성되는 것이 아니다.

자신을
끝없이 일깨우는 의지의 열정과
끝없는 무한 승화의 깨어있는 정신이 없으면
자신을 끝없이 일깨우는 자각이 끊어져
그대로 성장이 멈추게 된다.

자신을 일깨우는 의지의 정신은

자기 존재 가치의 승화를 도모하고
삶의 시야 확장으로, 아름다운 정신을 함양하며
정신의 빛깔, 혼의 향기를 갖게 한다.

순간, 뇌리에 스치는 짧은 빛 광명이
잠자는 나 의식을 일깨우고
눈의 동공은 밝은 빛을 띄우며
하늘 땅 세상을 보는 시야가 열리어 확장된다.

생명의
때 묻지 않은 그 혼을 일깨우고
마음에 순수의 정념(情念)을 가득 담아
생명의 삶에 아름다움을 간직하고

정성 담은 손끝 하나,
눈길 하나, 말씨 하나, 아름다움이 피어나
기쁨의 아름다운 세상이 되도록

꿈을 향해 가시는 길, 기쁨 향한 그 발길에
사유의 빛깔, 향기를 담은 색채의 글 꽃을 올리며
고운 꿈, 밝은 꿈, 행복이 충만하시기를
사뿐히 두 손 모아 축복을 기원하며
행복 찾아가시는 그 길을 따라
삶의 사유를 담은 글의 향기를 드리옵니다.

삶에

소원 소망
꿈 이루어지시길, 정(情)을 담아 소망하며
세상에 태어난 한 생명 가치가
소중하고 고귀하며 아름다운 생명 길이시길
소박한 소망과 희망을 담아 봅니다.

마음과
삶과 사유의 명상무한(瞑想無限)으로
무한 정신 사유의 세계이니
마음을 잠시 허공처럼 비우시고
천천히 사유 속에 글 향기를 읽으며 음미하고
가슴에 담아 사유하며

사유의 빛깔, 글 방울의 향기를 따라
삶의 사유가 깊어져 마음이 정갈해지고
의식이 깨어나 정화되어 밝아지며
삶의 마음도, 의지도, 정신도 생명력이 살아나
아름다운 삶의 정신과 길을 찾는
하나의 동기부여가 되시길 소망하며

이 한 생, 아름답고
깊은 정신, 무한 사유의 기쁜 삶이 되옵기를
소중한 마음 담아 염원하며
항상 기쁨이 충만하시기 바랍니다.

도요(道了) 다례원장 **박명숙** 敬心

1장
기품(氣品)의 향기

1. 학(學)

학(學)은 배움이다.

배움은,
모름을 배우고
새로운 앎과 지식을 더하며
아직 깨닫지 못한 것을 깨우치는 것이다.

삶의 일상이 배움의 길이며
배움을 통해 앎이 깊어지며 안목이 넓어진다.

아는 것만큼 세상이 보이고
삶과 세상을 보는 시야가 넓을수록
생각의 폭도 넓어지며,
무엇을 생각하고 무엇을 수용하여 행하든
다양한 앎의 시야 속에 이루어진다.

그러므로,
삶과 세상을 보는 안목을 여는
앎을 더하며 밝게 함은 중요하며
그 앎은 배움과 깨우침을 통해 확장된다.

배움은
외부의 지식을 습득하고 수용함도 있겠으나,
우연히 삶의 일상 속에서
눈에 보이는 것과 귀로 듣는 것을 통해
생각지 못한 것을 느끼며 자각하므로
사물이든 삶이든 다양한 것에 대해 시각을 열며
터득한 느낌과 자각에 따라 더욱 깊은 안목을
열게 된다.

무엇이든
지식으로 배운다고 다, 내 것이 아니다.

무엇이든
그것을 긍정적으로 수용하고 느끼며 자각하고
배움과 자각을 통해 자신이 동화될 때에
그 앎을 수용함이 나의 것이 되므로
삶에 다양한 이로운 역할을 하게 된다.

배움은
나를 이롭게 하며
삶을 이롭게 하기 위함이다.

나 자신과
삶을 이롭게 하는 것에는
무엇보다도 삶을 바라보는 바람직한 관점과
자신을 일깨우는 의식의 성장에 있다.

삶을 바라보는 관점은
의식 사고와 성향을 통해 이루어지니
의식의 성향에 따라 삶의 인식과
생각하는 관점이 달라진다.

의식의 성향이 사람에 따라 다르므로
삶을 바라보는 시각이 누구나 같을 수가 없다.

그러나,
의식 성향의 차별보다 중요한 것은
얼마나 의식이 성장하여 깨어있으며
밝고 넓은 시야를 가진 의식이냐가 중요하다.

의식이 성장하고 깨어날수록
전체를 수용하고, 이로운 상생의식을 가지며
전체를 수용한 넓은 시야를 가질수록
자신만을 위한 이기적인 생각을 벗어나
전체가 더불어 이로운 하나 된 상생의식을
가지게 된다.

배움이
개인과 사회적 삶을 위한 다양한 일깨움이니
좁게는 자신을 위한 것이지만
자신을 위한 배움이 곧, 자신의 삶뿐만 아니라
자신이 살아가는 삶의 사회와 세상을 위한
밑거름이기도 하다.

삶은
혼자만의 세상이 아니며
더불어 살아가는 사회에 자신의 가치와 능력,
또한, 자기의 삶을 위해 배우지 않으면
삶의 사회에 자신의 발전과 성장에서 도태되므로
배움을 통해 자기의 가치와 능력이 향상할수록
자신의 삶을 위한 이로움뿐만 아니라
사회에 이로운 삶을 더할 수가 있다.

배움을 통해 사물과 삶의 상황에 대해
다양한 밝은 안목을 갖게 되며,
자신의 존재가 자기 삶의 사회에 기여할 수 있는
바람직한 지식과 의식성장과 인격을 갖추므로
자신의 삶과 세상에 이로운 가치와 능력을 갖춘
더욱 유익한 사람이 되는 길이다.

배움이 없으면,
지식과 의식의 성장은 멈추게 되며
배움을 통해 느끼며, 자각하고, 시야가 넓어지며
스스로 자각하고 깨우치는 바가 있으므로
의식 밝음의 확장은, 자신과 이 사회에 이로운
생명 삶의 가치를 더할 수가 있다.

배움을 통해, 지식과 시야의 확장은
자기 사고에 얽매인 좁은 시각에서 벗어나
세상을 보는 시야가 밝고 넓게 확장되며,

열린 시야에는 세상을 생각하는 따뜻한 마음과
자기와 사회적 관계의 삶을 깊이 있게 생각하는
확장된 열린 상생의식을 갖게 되므로
자신의 삶과 세상에 유익하고 가치 있는
사회성을 가진 존재로 거듭 향상하게 된다.

삶은,
무엇이든 자신과 세상을 이롭게 하는
배움과 익힘의 길에 선 삶이니
그 배움을 통해 느끼고 자각하며 열린 시야 만큼
자신과 세상을 위한 삶을 열어갈 수가 있다.

지금,
일어나는 한 생각
그것은 자신이 배우고, 느끼며, 삶을 산
자신이 노력한 정도의 시야가 열린 생각이다.

지금의 생각이
배움을 통해 시야가 더욱 확장되면
내일은, 오늘보다 발전한 또 다른 시각으로
성숙한 생각을 하게 될 것이다.

배움은
곧, 자기 성장의 길이며
세상을 보는 밝은 안목을 여는 수단이며
자기 가치와 능력을 더하는 길이다.

만약, 배움이 없으면
자신의 성장은, 지금의 시야에 머무른 채
남은 생의 삶을 살게 될 것이다.

2. 멋

멋,
과연 무엇일까?

누구나
자신이 멋있기를 바라며
멋을 위해 가꾸며 치장하고
어떤 사람은 멋을 위해 동작이나 행동하는 법을
배우기도 한다.

멋의 종류는
감각적 유형과 지적 무형의 것으로 다양하며
멋은 대상의 인식 속에
대상을 통한 감성과 감정과 느낌과 영감으로
형성되는 가치를 가지며,
질적, 양적 다양한 인식과 가치를 가진다.

멋을 느끼는 그 원인은
멋의 대상인 자료에 따라 다양한 속성이 있으니,
유형, 무형의 사람에 속한 것 중에도
사람의 모습과 행위에 속한 멋도 있으며

각종 예술 속에 정신과 물질이 결합하여 형성한
다양한 멋도 있으며
미술과 음악 특성의 다양한 아름다운 조화와
영감의 멋도 있으며
지적 무형의 다양한 멋도 있으며
자연 현상세계의 다양한 멋도 있다.

멋의 원인은 다양한 속성을 지니고 있으나
멋의 공통점, 그 하나를 요약하면,

멋은
곧, 돋보임이다.

또한, 그 아름다움
또는, 지적 승화, 또는 영감에
순수 지성과 감성이 끌림이다.

돋보임이란
끌리는 뛰어남이란 뜻이다.

그러나,
돋보이며, 뛰어남으로 멋이 되는 것이 아니다.

왜냐면,
멋은, 선한 감성 끌림을 유발하는 요소이므로
멋에는 선한 순수 감성과 감정을 유발하는

흥취(興趣)와 또는 순수 영감의 발현과 상승,
또는 순수 감성과 감정을 상승하게 하는
순수 지성의 끌림인 감흥(感興)이 없으면
아무리 돋보이는 뛰어남이 있어도
멋이라 할 수가 없다.

이는
즉, 아무리 돋보이며 뛰어나도
마음이 끌리는 감성적 요소를 갖고 있지 않으면
멋으로 느낄 수 없다는 뜻이다.

멋의 의미와
멋의 언어의 성질에는
반드시 선한 감흥(感興)이 수반된 것이므로
순수 감성의 감흥을 유발하지 못하면
멋으로서의 가치가 없다.

그러므로,
멋을 한마디로 요약하고, 정의하면
순수 감성의 끌림인 돋보임이다.

멋의 감성은
인위적인 감흥이 아니라
순수 끌림에 의한 감성의 감흥을 유발함이다.

어떤 것에는
깊은 혼(魂)의 끌림인 감흥이 일어나는
멋도 있다.

그러나,
끌림이 공감대를 형성하는 공통점도 있겠으나,

또한,
끌림의 실제는 극히 개인적인 심리 현상이므로,
멋이라 하여
모두가 공감대를 형성하는 것은 아니다.

그러므로,
멋에도 차원이 있으니
멋의 차원을 알려면 감성을 유발하는
지적 차원의 감성이 탁월해야 하며
품격의 깊이와 가치 차원의 상중하를 분별하는
지적 차원의 지혜가 열리어 밝아야 한다.

그러나,
개인의 성향에 따라 감성이 끌리며 느끼는
멋의 성향인 다양한 종류가 차별이 있으므로
멋이 차원이 높다고 하여
누구나 마음이 끌리어 공감대를 느끼며
멋을 인식하는 것은 아니다.

봄에 피는 꽃은
봄 날씨에 감흥을 느껴 꽃잎을 열고,
겨울에 피는 꽃은
겨울 날씨에 감흥을 느껴 꽃잎을 연다.

그것은
자기 성품의 차별적 체질이며, 성향이다.

그러나,
멋의 품격과 깊이의 심오함을 알려면
멋의 성품, 상중하 가치의 품격을 가름하는
순수 정신 감각이 열려 있어야 한다.

멋의 세계도
인위적인 평가가 아닌
지적 깊이의 자연적 순수 성품에서 발현하는
성품 차원의 특성, 공덕의 차별이 있다.

멋에도,
수많은 보석의 차원처럼 가치의 차원이 있다.

멋의 성품과 품격의 기질에도
차원이 서로 다른 가치의 품격 기운이 있으니
그것을 인식하기는 쉽지 않다.

끌림,

그 성향이 무엇이며
상중하 어느 차원의 것이냐에 따라
그 사람의 특성인 성향과 차원의 깊이가 다르다.

무엇이든
끌림의 선호도는
그 사람 성품의 특성이며
그 사람 의식과 정신 감각이 깨어있는 깊이의
차원이다.

누구나,
자기의 돋보임을 위해 가꾸고 노력하며
자신의 가치와 멋을 드러내고자 한다.

자신의 가치는
유형적인 것과 무형적인 것이 있으니
유형적인 것은
몸을 치장하고 돋보이게 가꾸어 갖춤과
질적 언어 구사 행위의 멋과
따뜻한 마음 행위의 아름다움이나
분별력 있는 절제된 기품의 멋 등이다.

무형의 가치는 자기 마음 다스림으로
돋보이는 기품의 인격적 품성과
품격이 갖추어져 돋보이는 지식과 지혜의 세계와
내면이 갖추어진 정신적 자질이다.

그러나,
멋은 논리에 있지 않고
살아있는 생명 감각으로 느끼며 끌리는
순수의식의 감흥에 있다.

멋은,
순수 감성의 발현이므로
순수 감성이 발현하는 멋에는
대상의 멋을 통해 자신의 의식이 정화되고
정신적 향상과 상승작용을 하며
순수 혼(魂)의 힘을 끌어내는 흥취 따라
감명과 감동과 신명의 파동이 일어나게 한다.

멋은,
사람의 의식을 순화하며
정화하고,
순수 의식의 중심으로 끌리게 하는
매력을 갖고 있다.

멋에
동화되거나 깊이 끌리면
육체적 감각 기능의 경계가 사라지고
의식 중심으로부터 오롯한 순수 감성이 발현하여
순수의식만 숨을 쉬게 된다.

특별한 경우,
멋에
깊이 동화되면 감각의 경계가 사라지고
삼매(三昧)에 들게 된다.

3. 아름다움

누구나
아름다움을 좋아한다.

그리고
누구나 아름답기를 원한다.

아름다움을
싫어하는 사람은 없다.

아름다움 중에
누구나 긍정하는 대표적인 것이 꽃이다.

꽃을
아름답다고 생각하는 것에
그 누구도 그렇지 않다는 생각을 하지 않는다.

왜?!
꽃을 아름답다고 생각할까?

왜?

다른 것을 보면,
꽃을 보는 느낌의 아름다움을 느끼지 못할까?

그것은
꽃의 특성에 있으니,
꽃의 순수 색깔과 순수 아름다운 형태의 조화가
바로 순수 감성의 유발하여 마음을 이완하므로
인간의 때 묻음 없는 순수 본성을 자극하는
깊은 감성과 바로 맞닿기 때문이다.

때 묻음 없는
순수 본성의 깊은 감성과 맞닿는 순간
의식의 흐름이 이완되며 평안해지고
마음 안정을 느끼는 그 감성의 평안함이
유지되기 때문이다.

어떻게 생각하면
꽃은 아름다운 것보다
사람의 의식을 평안하게 하는 특성이 있어
꽃을 좋아하고
꽃이 아름답다는 환상에 빠지는 것일지도 모른다.

눈으로 보는 것이든
귀로 듣는 것이든, 그것이 무엇이든
때 묻음 없는 순수 감성에 젖게 하는 것은
생각을 쉬거나 의식을 이완시키므로

마음이 평안하게 느껴지며
또한, 순수 감성이 일어나게 하므로
마음이 끌리게 된다.

보는 것이,
듣는 것이 아름다우면
우리의 마음도 끝없이 아름다울 수가 있다.

의식은, 항상 관계 속에 일어나며
관계 교류의 상황에 따라 의식은 변화하고
멈춤 없는 수 없는 형태와 색깔의 변화를 가지며
환(幻)과 같이 변화하며 피어나고 있다.

우리의 의식도 꽃과 같이
수많은 형태와 색깔의 꽃잎처럼 피어나며
꽃이 지니지 못한 신비로움과 불가사의한
특성을 가진 무형의 사념화(思念華)이다.

의식의 사념화(思念華)는 보이지 않아도
꽃 몸에서 향기가 나듯
사람의 몸을 통해, 향기가 피어나니
눈길에 정(情)이 흐르고
말 한마디에 맺힌 아픔의 멍울이 풀어지고
따뜻한 손길에 삶의 상처가 치유된다.

아름다움은

꽃만 지니고 있는 것이 아니다.

사람이 가진 아름다움과 향기는
꽃이 하지 못하는 영역에까지 미치니
사람 마음의 평안과 아픔의 맺힘을 풀어주며,
내일을 새롭게 맞이하며 살 수 있는 용기와
희망과 꿈을 열어 주기도 하며,
나 자신을 새롭게 변모하는 계기를
만들어 주기도 한다.

아름다움은,
때 묻음 없는 순수의 감성을 자아내게 하고
마음을 평안하게 하며
삶의 아픔과 상처를 치유하는 특성이 있다.

사람이 꽃이 아니어도
꽃과 같은 아름다움을 남에게 줄 수도 있고
꽃과 같은 향기를 남에게 전할 수도 있다.

사람의 본성은 때 묻음 없어
본래 본성이 순수를 따르고 좋아하는 특성이
누구에게나 있다.

본래
때 묻음 없는 순수 본성으로
순수를 따라 모두에게 평안함을 위하고

눈길 하나, 말 한마디, 손길 하나 때 묻음 없고
순수하고 따뜻하면
그것이 사람의 순수 사념화(思念華)의 꽃이며,
상대에게 그 아름다움이 전해지면
그것이 사람이 가진 아름다움의 향기이다.

꽃의 아름다움을 인식하며
그 꽃을 바라보는 마음을 다시 돌이켜
나에게도 저 꽃처럼 아름다움은 무엇일까에
골똘히 자기를 돌이켜 사유하고 관찰하며
부족한 것이 무엇인가를 되살펴 보는 과정에

나에게 꽃과 같은 향기를 가진
누구나 좋아하는 때 묻음 없는 마음
때 묻음 없는 본연의 순수성을 깨달아
그, 때 묻음 없는 순수 성품이 피어남이
순수 사념화(思念華)의 꽃이니

그 향기와 마주한 이는 고뇌가 치유되고
삶의 아픔과 상처가 치유되는 평안함을 주면
그것이 사념화(思念華)의 꽃향기다.

진정 아름다움,
그것은 자기 혼자 품고 있는 것이 아니라
상대에게 아름다운 가치로 전달되고 피어날 때
그 아름다운 가치가 모습으로 또한, 향기로

전달되는 것이다.

아름다움은
사념화(思念華) 꽃의 형태와 꽃잎 빛깔에 따라
꽃향기의 가치도 불가사의 무량 무한하다.

그
사념화(思念華) 꽃 이름이,
세상에 피어있는 무엇보다 소중한 생명 꽃
곧, 그대의 이름이다.

4. 기품(氣品)

기품(氣品)에는
품격(品格)이 드러남이다.

품격(品格)은
품(品)은, 바탕이며
격(格)은, 형태, 가치, 등급이니
품격(品格)은, 바탕이 갖춘 형태와 그 가치
등급이다.

기품(氣品), 또한
품(品)은, 바탕이며
기(氣)는 바탕에서 풍기는 기운의 특성이며
가치이다.

사람이나,
물건이나, 어느 한 개체이든
그 존재 자체는 가치의 품격을 지니고 있으며
그 품격이 드러나는 기품(氣品)이
그 존재 자체의 성질이 가진 특성인 성품이
드러남이다.

기품(氣品)은
가치의 세계에서는 중요한 역할을 하며,
기품에 따라 그 가치의 특성을 인정하고
그 가치에 상응한 대우를 하게 된다.

사람의 기품(氣品)은
자기 다스림이 체질화된 특성의 성품이
드러남이다.

무엇을 숨기고
감춘다고 드러나지 않는 것이 아니며
가식적 마음으로 기품을 돋보이게 한다고 해서
자기가 갖춘 바탕의 특성, 그 이상의 가치가
드러나는 것이 아니다.

자기의 특성은 행동으로도 드러나며,
행동하지 않아도, 얼굴의 모습과 눈빛에서
그 사람 근본 성품의 품격을 감출 수가 없다.

향(香)은
종이로 겹겹이 싸도, 그 향기를 감출 수가 없고
풋과일은 보기 좋게 포장을 해도
아직 덜 익은 그 어설픈 빛깔의 풋내는
감출 수가 없다.

과일이 충분히 익으면

멀리에서 보아도 빛깔도 어설프지 않고
깊은 향기는 가까이하지 않아도 코를 자극하며
그 깊은 맛은 마음을 끌리게 한다.

사람도
기품(氣品)이 있으면 돋보이므로
사람의 시선을 끌게 되고
눈빛 하나, 말 한마디에 품성의 깊이가 드러나
누구나 인정하고, 다소곳이 그 뜻을 수용하니
상대의 마음을 배려하고 위하는 품격은
사람의 깊은 향기를 느끼게 한다.

사람이
기품(氣品)을 통해 드러나는 향기는
하루 이틀 사이에 배운다고 되는 것이 아니며
끊임없는 자기 절제와 배움의 다스림을 통해
시간과 세월 속에 익어 몸에 배므로
깊은 품격의 품성이 드러나는 것이다.

모든 것이
세월 따라 익어, 깊고 정갈한 맛을 내고
또한, 아름다운 빛깔이 드러나는 것에는
충분한 성장 완숙의 시간을 통해 이루어지니
무엇이든 한순간에 뚝딱 이루어지는 것이 아니다.

특히, 자기 다스림의 기품(氣品)은

시간과 세월을 통해 사람의 관계 속에서
끊임없는 절제와 다스림으로 익어가는 것이니,
머리로 배운다고 기품이 되는 것이 아니며
그를 듯 꾸며도 익숙지 않고 바뀌지 않은 습관은
자기 성품의 품격은 감출 수가 없어
몸에 밴 행동을 조심해도 무심코 드러난다.

기품(氣品)을 돋보이게 하고자 하면
스스로 품격(品格)을 높이는 안목을 가져야 하며
자기 허물을 보는 안목이 스스로 갖추어졌을 때
누가 무엇이라 말을 하지 않아도
자기의 못남을 스스로 돌아보며 다스리게 되니
이것이, 세상의 품격과 가치를 아는 안목 세계에
이제 눈을 뜸이다.

사람의 기품(氣品)이 돋보이는 것은
머리로 배우고 익힌다고 되는 것이 아니라
자기 못남이 스스로 눈에 보이고 드러나는 만큼
자신을 다스려 부족함을 고쳐 다잡을 수 있으니
이 또한, 끊임없는 자기 노력의 결과이다.

몸에 밴 습관은 고쳐 다잡기 힘들므로
감추고자 조심하고 조심을 해도
무의식중에 눈빛과 말투와 행동들이
몸에 밴 묵은 습관대로 불현듯 나온다.

그 습관을 고쳐 다잡기 전에는
매사에 자기 행동을 절제하고 조심함이
시간과 세월이 흐르고 쌓이면
자신도 모르게 부족한 습관은 어느덧 사라지고
세월 속에 몸에 무르익어 풍기는
여유 있는 어엿한 자연스러운 기품(氣品)이
모두의 시야에 돋보이며 드러나니
가치 있는 품격의 멋과 향기를 갖춘
따뜻한 눈빛과 말씨와 행동이
몸에 밴 기품이 드러난다.

5. 예(禮)

예(禮)는
누구나 공경하고 받들어야 할
삶의 관계, 순수 행위의 규범이다.

예(禮)는
개인과 전체의 삶을 아름답게 하고
삶의 마음을 풍요롭게 하며
개인과 전체의 정신세계를 향상하게 하고
모든 이의 마음가짐과 행위를 돋보이게 하며
삶의 평안과 행복을 도모하는
행위의 기본가치 형성의 밑거름이다.

예(禮)를 잃거나, 없으면
개인과 전체의 삶이 서로 배려하고 위하는
마음가짐의 따뜻함이 사라져 삭막하고
서로 마음 씀이 날카로워 세상이 야박해지며
개인과 전체의 삶의 정신성향이 낮아 천박하고
사람 마음가짐 행위의 기본이 무질서로 타락하여
삶의 관계 질서의 평안과 행복이 상실하므로
삶의 기본가치인 관계의 존중과 행복의 질서가

형성되지 않는다.

예(禮)가 중요한 것은
모두가 마음 씀과 행위의 품격이 돋보이고
삶의 기쁨과 정신적 풍요가 그 속에 깃들어 있어
개인과 사회가 삶의 아름다운 멋을 공유하여
아름다운 세상을 도모하는 의식으로 거듭나므로
그 속에 소중한 삶의 아름다움과 행복이
상승하게 된다.

인간의
삶과 사회가 아름답고 풍요로운 길은
사회 물질산업의 발전에만 있는 것이 아니다.

삶을 풍요롭게 하는 정신의 아름다움과
삶의 고귀한 정신문화의 가치가 더불어 상승해야
사람 삶의 마음과 정신이 더욱 풍요해지고
그 속에 삶의 진정한 아름다운 정신이 형성되어
개인과 사회의 삶이 아름다운 세상이 된다.

예(禮)를 잃으면
정신의 가치를 존중하는 지성(知性)과
이성(理性)이 깨어나는 진화의 삶이 사라져
인간관계의 질서와 삶의 아름다움이 파괴된다.

예(禮)를 잃으면

삶이 돋보이는 아름다운 정신의 지성(知性)과
아름다운 행위의 이성(理性)적 가치의 상실로
개인과 사회는 소모적 물질 소비에 노예화되며,
예(禮)를 생각지 않는 물질 중심사회는
서로 관계 속에 예(禮)를 존중하지 않으므로
서로 배려하고 존중하는 관계의 질서 파괴로
삶의 진정한 행복과 평화는 더욱 멀어지게 된다.

삶의 진정한 행복과 평화는
삶의 기본가치인 서로 존중하며 배려하고 위하는
예(禮)를 숭상하는 인간 존중 가치의 세계이니,
예(禮)를 잃은 삶과 사회는
삶의 관계 기본가치인 예(禮)의 소중함을 모르니
사회의 물질산업이 아무리 끝없이 발전해도
사람이 사람을 생각하며 존중하고 배려하는
기본가치를 상실한 사회는
삶의 행복과 아름다운 행복사회의 이상(理想)은
성취할 수가 없다.

모든 것에
가치를 무엇을 기본 중심으로 하며,
진정, 무엇을 중요하게 생각하고 도모하는가를
깊이 생각해야 한다.

그 기본 중심가치를 위해
개인과 사회가 한마음이 되어 힘쓰고 노력하며

그 기본가치를 위해 이상(理想)을 도모하고
전체가 행복한 아름다운 세상을 위하고 힘쓰며
더 없는 삶의 아름다움을 위해 지혜를 모으고
궁극의 행복을 도모하는 삶의 이상(理想)을 행해
정신을 갈무리며 삶을 상승하게 해야 한다.

마음과 삶의 행복은 물질에만 있는 것이 아니니
인간 존중의 진정한 가치를 외면한 삶과 사회는
시간과 세월이 흐를수록 삶의 기본가치 상실은
삶의 기본 중심가치의 설정이 잘못된
불행의 결과를 초래할 것이다.

삶의 진정한 행복은
서로 위하는 따뜻한 정(情)이 흐르는
순수 마음가짐과 정(情) 담은 행동에 있으며
이를 바탕 한 정신의 아름다운 삶과 지혜가
곧, 예(禮)의 세계이다.

예(禮)를 잃은 자신을 돌아보면
남을 배려하지 않는 삭막한 마음이 자리해 있고
자기만 생각하는 이기적인 마음이 도사려 있어
그 마음으로 행동하는 삶과 세상은
어느 곳이든 행복하거나 아름다울 수가 없다.

왜냐면,
자신을 위하며, 생각하고 배려하는 사람이

주위에 없기 때문이다.

이는,
예(禮)의 정신을 잃어버린 삶이기 때문이다.

예(禮)를 잃은 것은
예(禮)만 잃은 것이 아니다.

예(禮)를 잃으므로
서로 위하는 존중함이 없어 마음이 삭막하고
이성(理性)과 지성(知性)의 발전을 도모하는
가치 있는 정신이 성숙하지 못해
삶의 기본 마음과 정신이 지혜롭지 못하고
인간 순수 본연의 아름다운 정신과 마음을 잃어
삶의 진정한 행복과 아름다운 삶의 풍요인
행복한 삶의 사회를 잃게 된다.

존중하고 존중받음이 없는
마음과 정신이 아름답지 않은 곳에는
서로 위하는 진정한 행복이 없고
삶의 진정한 행복의 기본가치도 상실하므로
삶과 사회의 아름다운 기본행복의 질서를 잃어
진정한 삶의 기본행복 정신의 가치를 상실하므로
개인과 사회가 삶의 도구로만 인식되어
인간의 진정한 가치의 존중이 희생되므로
인간이 삶의 도구로만 사용되고 취급될 뿐이다.

인간이 서로 위하고 존중하는
인간의 순수 삶의 기본가치를 상실하면
인간의 진정한 행복을 외면한 것을 지향하므로
인간을 위하는 행복과 아름다운 정신은 무시되고
개인과 사회가 삶의 행위, 하나의 도구화 되어
왜? 무엇을 위해 삶을 사는지
그 기본 순수가치를 상실하게 된다.

행복을 추구하는 삶은
인간의 순수 정신의 기본가치를 상실하면
사회 물질산업은 세월을 따라 끝없이 발전하여도
인간의 진정한 삶의 행복은 더욱 멀어지게 된다.

예(禮)가
단순히 예(禮)만을 위하고자 함이 아니다.

예(禮) 속에 삶의 순수 아름다움과 행복인
사람이 사람을 위하고 존중하는 인간 행복의 삶
진정한 행복 정신과 가치의 뿌리이기 때문이다.

작은 사회인 가정이라 하여도
자녀가 예(禮)를 잃어
부모를 가슴속에 생각하지 않는데
이 세상 그 누가 그 부모를 진정 가슴에 담아
생각할 것이며

부모가 예(禮)를 잃으면
자녀를 예(禮)로써 가슴에 담을 수 없는데
이 세상 그 누가 그 자녀를 진정 가슴에 담아
생각하겠는가?

한 가정이 예(禮)를 잃으면
그 사람들이 살아가는 그 삶의 세상과 사회는
삶의 기본정신인 예(禮)를 잃은 사회이니
한 가정의 모습이 그 사회의 모습이며
그 사회인의 정신이 자기의 욕구만 생각할 뿐
서로 배려하거나 남의 행복을 외면하므로
삶의 정신이 예(禮)를 잃은 삭막한 세상이 되어
개인과 사회 삶의 세상이 행복하거나
아름다울 수가 없다.

이로 인한 개인과 사회는
남을 배려하지 않는 문제점은 끝없이 반복되며
그 잘못된 삶의 기본 중심가치의 지향점이
잘못의 문제점을 깊이 자각하며 수정할 때까지
그 아픔과 시련의 고통을 벗어날 수가 없다.

그것이, 무엇이든
방향의 설정이 잘못되어 빚어지는 상황은
그 진행의 방향을 되돌리기 전에는
반복된 아픔과 시련의 고통이 멈추지 않는다.

무엇이든,
바르게 밝게 보는 명확한 지혜가 없으면
잘못된 것이어도
행위의 잘못을 멈출 줄을 모르니
자기 생각과 행위가 잘못됨을 깨달았을 때
비로소 그 아픔과 시련의 고통을 멈출 수가 있다.

모두,
자신의 아픔과 고통만 벗어나고자 할 뿐
그 근본 원인을 돌이켜 골똘히 생각하지 않는다.

잘못된 결과의 원인을 깨닫지 못하면
아픔을 벗으려는 간절한 욕망은
똑같은 행위만 더욱 반복하고 더할 뿐,
지금 자신의 상황을 명확히 돌이켜 깨닫는
밝은 지혜의 눈이 없어 벗어나려고만 할 뿐
해 돋는 곳이 동쪽이어도
동쪽과 서쪽을 분간하지 못함이다.

지혜는 다름 아니라
자신의 어리석음을 명확히 봄이니
자신을 돌이켜 허와 실을 명확히 보게 되면
그때야 자신의 잘못을 인식하게 된다.

예(禮)를 존중하는 것은
사회가 급속히 발전하는 시대상에 뒤떨어지며

경쟁사회의 급속한 삶의 길에 촌각이 바빠
예(禮)는 부질없는 것이라 예사로이 생각하고
시대에 뒤떨어진 옛것으로 생각해도

인간이
인간을 존중하지 않는 인간성의 상실은
개인과 사회적 삶의 기본행복을 무너뜨리므로
그 문제점을 해결하는 유일한 길은
사람이 사람을 귀하게 생각하고 존중하며 위하는
오직, 예(禮)의 정신임을 깨닫게 된다.

한 가정이 행복하지 못한
기본 삶의 불행은
부모와 자식의 예(禮)가 무너지고
형제와 형제의 예(禮)가 사라지며
사람이 사람을 존중하지 않는 그 아픔이
예(禮)를 천시(賤視)한 시대적 삶의 결과이다.

이 아픔이
모든 가정의 아픔이며
상하좌우가 서로 예(禮)를 상실한
사회적 삶의 현장, 모든 아픔의 원인이다.

그러므로,
예(禮)를 잃음은
단순, 예(禮)만 잃는 것이 아니라,

사람 삶의 행복 기본정신인
삶이 아름다운 순수 행복의 정신까지 말살하여
가정과 사회 삶의 기쁨과 행복은 멀어지고
사람이 사람을 존중하지 않는 그 아픔은
멈추지 않을 것이다.

사람이 사람을 존중하는
순수한 아름다운 마음과 정신이 있어야
한 가정에도 그것이 순수 행복의 기틀이 되고
사회도 그것이 행복한 사회의 기강이 되며
세상도 그 순수 정신이 사회의 기본정신이 되어
행복하고 아름다운 세상이 될 것이다.

삶의 진정한 기본 가치는
사람이 사람을 위하고 존중하는 인간성 회복이다.

**순수 인간성을 회복하는 길은
곧, 사람이 사람을 위하는 순수 정신이니
이것이, 사람 삶의 행복 기본정신이다.**

그 정신이 바로
순수 예(禮)의 기본정신이다.

이 정신이 살아있는 세계가
인간 삶의 아름다운 순수 행복이 피어난
삶이 행복한 가정과
아름다운 행복사회의 모습이다.

예(禮), 그것은
사람이 사람을 귀하게 여기고
존중하며 위하는
인간 삶의 아름다운 순수 기본행복을 위한
정신이 피어남이다.

이는
인간을 위한 순수 이성과 지성의 가치를
존중하는
지혜로운 삶의 꽃이다.

6. 공경(恭敬)

공경(恭敬)은
인격이 돋보이며, 드러남이다.

이 말은,
남을 공경함은 자신의 인격이 돋보이며,
드러남을 일컬음이다.

지금 사회는
예(禮)의 마음이 부족한 사회이다 보니
공경(恭敬)이라는 언어가
예스럽게 느껴지기도 한다.

그러나,
공경함이 없는 사회는 인간성이 부족한 사회이며
예(禮)의 아름다움이 상실되어가는 모습이다.

공경(恭敬)은
받는 자나, 하는 자나, 모두에게 이로운 것이니
누구나 행해야 할 순수 인간성의 미덕이며
관계의 아름다움이며

서로 바람직한 정(情)을 돈독하게 하는
아름다운 모습이다.

공경하는 자의 마음가짐이 부족하면
상대가 나에게 공경받을만한 사람의 됨됨인가를
생각할 수도 있다.

이러한 마음가짐은
자기 다스림이 아직 부족한 어린 마음이다.

상대를 평가하는 마음으로
자신도 냉철한 마음으로 평가해야 한다.

무엇이든
성숙한 시선은 상대만을 평가해서는 안 된다.

더불어 자신을 평가하는 냉철한 마음이 있어야
자신에게도 이로운 마음가짐이며
그런 마음가짐은, 남에게 자신도 돋보일 수 있는
인성의 동기부여가 된다.

상대가
부족한 점이 다소 있어도 공경을 하다 보면
인간관계도 개선되며
공경을 받는 사람 또한, 그로 인하여
자기 다스림을 성숙하게 하니

남을 공경하는 바람직한 예(禮)의 행동이
잘못된 것이 아니다.

공경이란
상대를 존중하며 공경하고 위함도 있겠으나,
부족함이 있는 자기 다스림의 행이기도 하며
공경 그 자체는 성숙한 인격의 모습이므로
남을 공경하는 그 자세가 인품이 돋보임이니
인격의 손상을 입는 것은 아니다.

공경하는 관계는 아름다우며
공경받는 사람은
인격적 존중과 대우를 받아 감사하게 생각하며,
공경하는 사람은
자기의 행위에 자신의 인격이 돋보이므로
바람직하고 성숙한 인간상이 남에게 비추어져
자신에게도 이로운 행위이다.

자기의 성숙한 가치는
남을 깊이 공경하는 그 마음 다스림의 자세 속에
자신의 성숙한 모습과 품격의 가치가 있으며,
또한, 남에게 공경받을 사람이 되도록 노력하는
자기 다스림의 계기가 되므로
자신의 가치가 성숙하는 것이다.

공경(恭敬)을

단순한 예(禮)로만 생각해서는 안 된다.

그 속에 성숙하는
아름다운 인간관계의 사회성과
사람의 마음과 삶을 더없이 아름답게 하는
풍요로움이 그 속에 깃들어 성장하기 때문이다.

공경(恭敬)은
공경을 받는 사람도, 공경하는 사람에게도
이로운 것이니,
서로 공경의 관계와 공경하는 사회로 성숙할 때
삶과 사회는 더욱 아름답고,
마음의 풍요로움을 갖는 하나의 기틀이 된다.

세상은 자기 관리의 세계이니
존중받고 공경받는 그 사람의 시야에는,
남을 공경하는 성숙한 모습이
자기 다스림의 가치가 더없이 돋보이는
아름다운 인간상의 모습이다.

남을 공경하는 것은
자기 마음 다스림과 자기 품격이 드러나는
성숙한 가치가 돋보이는 아름다움이다.

남을 존중하고 공경함이 익숙해지고
그 인성이 성숙하여

남을 생각하고 위하는 품성으로 거듭날 때

그 진실함은
더 없는 자기 품성의 진정한 가치가 되어
남을 바라보는 따뜻한 눈빛에서도
말 한마디에서도, 그 가치가 묻어 나오게 된다.

공경(恭敬)은
자기 자신이 돋보이며 성숙하게 하는 세상 삶의
첫걸음이다.

7. 금기(禁忌)

금기(禁忌)는
하지 말아야 한다.

금기(禁忌)는
자연의 섭리와 순리를 역행하는 금기와
사회 모든 이의 삶을 위한 사회법의 금기와
삶의 관계 속에 지켜야 할 당연한 도리의 금기와
상대를 대하는 서로 존중하는 예법의 금기와
자기 가치와 품격을 위해 스스로 지키는 금기 등
금기의 사항은, 삶의 모든 관계 속에 있다.

금기(禁忌)는
무엇에든 지켜야 할 기본 상식이며,
도리이다.

금기(禁忌)는
지키고, 행하므로
나쁜 결과를 얻지 않는 것이다.

개인적으로

자기 삶의 영역과 상황 속에 어떤 위치이며
어떤 관계 속에 있어도, 그 속에는
반드시, 금기(禁忌)해야 할 것이 있다.

금기(禁忌)는
자신이 어디에, 어떤 상황이든
반드시 지켜야 할 자기 관리 행위의 규범이며
자기 가치와 품격 유지를 위해서도
지켜야 할 사항이다.

금기(禁忌)는,
하지 않으며, 지키는 것이
자신과 모두에게 좋은 결과가 있습니다. 는
뜻이다.

금기(禁忌)의
종류와 갈래는 상황에 따라 많은 것 같아도
이는 곧, 자기 다스림이다.

삶을 보는 시야가 넓어지고
자기 다스림의 배움과 지식과 지혜가 풍부하면
자기 실수와 허물을 범하지 않는 시야가 열려
모든 관계와 상황에 돋보이는 인간상을 가지므로
남들이 존중하는 인격을 갖게 된다.

금기(禁忌)는

금하는 것에 목적이 있는 것이 아니라
지키므로, 자신과 전체가 이로운
사회적 안정과 이로움을 주는 것에 목적이 있다.

금기(禁忌)의 사항이 세 가지가 있으니
생각함, 말함, 몸으로 행동함이다.

자기의
인격과 품행과 가치를 상실하는 것은
그것이 무엇이든 가리지 말고
당연히 하지 말아야 하니

이는,
하지 말아야 할 생각
하지 말아야 할 말
하지 말아야 할 행동이다.

이것이,
자기 자신을 이롭게 하는 세 가지 금기사항이다.

그러나,
이 금기사항도 자기 다스림이 부족하면
자기 잘못된 습관을 고치지 못하여
무의식중에 금기사항을 범하게 된다.

가족 간에도, 친구 간에도, 이웃 간에도

또한, 다양한 사람의 관계 속에서도
하지 말아야 할 생각
하지 말아야 할 말
하지 말아야 할 행동을 하게 되면

그 관계 속에
미움을 사거나, 피해를 주게 되므로
상황에 따라 돌이킬 수 없는 결과는
자신과 남에게 커다란 아픔과 상처를 주게 된다.

당연히,
하지 말아야 할 생각을 하므로
자기 못남의 어리석음을 벗어나지 못하며,
바람직하지 못한 생각과 헤아림은
자기 다스림이 부족한 결과를 낳게 되며
자기 인격적 성장과 발전을 저해하게 된다.

당연히,
하지 말아야 할 말을 하므로
주워 담을 수 없는 말의 실수를 범하여
상대에게 아픔과 상처를 안겨주고
자신의 잘못을 다스리지 못한 결과는
인간관계가 멀어지고
남들이 싫어하는 사람으로 인식되며
누구든 가까이하기를 꺼린다.

당연히,
하지 말아야 할 행동을 하므로
상대에게 아픔과 상처를 입히게 되고
자신의 잘못된 습관을 고치지 못한 결과는
어떤 상황 속에도 인간관계가 멀어지게 하므로
서로 관계의 정(情)을 단절한 행동의 결과는
모두가 멀리하므로 사람들이 가까이하지 않아
삶이 외롭고 고독하게 된다.

금기(禁忌)는
관계 속에 꼭, 지켜야 할 도리이니

하지 말아야 할 생각
하지 말아야 할 말
하지 말아야 할 행동을 금하고, 하지 않으면

어떤 상황이든
서로, 만남이 평안하고
삶이 평안하며
어디에 가거나, 어떤 상황이어도
모두가 좋아하고, 가까이하기를 기뻐하며,
모두 서로가 따뜻한 인간의 품성과
가치를 가지게 된다.

그것이,
금기(禁忌)사항이니

지키는 자는, 자기 가치와 품격이 성장하고,

지키지 못하는 자는
자기 다스림이 부족하여
자기 가치와 품격을 갖추지 못한 결과는
인간관계에서 멀어지게 되므로
세상 삶의 외로움과 고독을
자처하게 된다.

그러므로,
금기(禁忌)는, 자신과 남의 행복을 위한 삶에
아픔과 상처를 주지 않는 기본행위이며
최선의 방법이다.

8. 말의 선택

사람 관계에서 대체로
마음에 아픔을 주거나
마음에 상처를 받는 경우가 말이다.

말은
생각을 해보지 않고
상황에 따라 습관적으로 말을 할 때가 있다.

말은 잘못하면
다시 그 말을 주워 담을 수가 없다.

상대의 마음을 상하게 하거나
좋지 않은 감정이 일어나도록 하는 말은
될 수 있으면 삼가야 하며
말함에도 조심해야 한다.

말은
자기 생각과 감정의 표현이므로
상대의 마음과 감정을 생각할 겨를 없이
말을 하는 경우가 있다.

우연한 말 한마디에
상대에게 상처를 받거나
상대에게 상처를 주는 경우가 허다하다.

상처를 주는 사람은
자신이 상대가 아니니 그 사실을 모를 수도 있다.

그러나 상처를 받은 사람은
상황에 따라
그 상처가 오래도록 지속하게 된다.

또한, 우연히 한 말이 남에게 상처를 주어
자신이 오래도록, 또는 평생 후회하는 경우도
있다.

말이 고의적이 아니어도
별 생각 없이 한 말이 상처를 주게 되고
또는 상처를 받는 경우가 많다.

그러므로
말은 항상 상대의 마음과 감정을 생각하고
상대에게 아픔과 상처를 주지 않도록 노력하며
말함을 다듬고 고치는 노력이 항상 필요하다.

말을 좋게 하면
첫 만남이 평생 친구가 될 수도 있고,

말을 나쁘게 하면
친한 친구여도 평생 원수가 될 수가 있다.

말은
자기 습관적 성향이 많으므로
말을 함에 상대에게 상처를 주지 않도록
생각하며 말을 해야 한다.

말에 따라
사람의 마음이 거칠어지기도 하며
마음이 평안하고 행복하기도 하며
감정을 불러일으켜 분노하게도 하며
정이 더욱 돈독하게 쌓이기도 하며
원수가 되고 원한이 맺히기도 한다.

말은
감정의 상태를 변하게 하며
관계의 상태를 변하게 하며
삶의 상태를 변하게 하는 특성이 있다.

그러므로
말 한마디가 상대와 나에게
약(藥)이 되기도 하고, 독(毒)이 되기도 한다.

자신이 하는 말이
약(藥)인가 독(毒)인가를 잘 살피는 것도

자기 다스림이며
상대를 배려하는 따뜻한 마음이다.

자기 가치와 품격을 도모하거나
세상에 뛰어난 인물이 되고자 하거나
세상에 이로운 삶을 살려는 뜻이 있으면
언어의 진실한 연금술사가 되어야 한다.

자기를 다스리지 못하면
자기 가치와 품격은 더욱 발전하지 못하므로
세상에 성숙한 인물의 자질을 갖지 못하며
세상에 이로운 삶의 뜻이 있어도
자신의 한계에 부딪힌다.

사람의 관계에서
자신의 가치가 돋보이며 성장할 수 있는
무한 가치가 곧, 말이다.

말의 가치를 자각하지 못했다면
아직, 의식이 세상을 향해 안목을 열지 못한
미숙한 상태이다.

말의 가치는
금과 같은 무한 가치의 보물이기도 하지만
잘못하면
자신의 삶과 꿈을 잃는 요인이 된다.

말은
자신과 모두에게
이로운 약(藥)이 되기도 하고
해로운 독(毒)이 되기도 한다.

그 결정은
자신의 선택에 달렸다.

9. 말의 품격

말에도
다양한 성질의 품격이 있다.

지성적인 말, 감정적인 말, 논리적인 말,
부드러운 말, 거친 말, 따뜻한 말, 날카로운 말,
차가운 말, 진실한 말, 거짓의 말, 기품 있는 말,
저속한 말, 교활한 말 등, 다양한 성격과 품격의
말이 있다.

말에는
그 사람의 심리와 인격의 상태가 드러난다.

말의 억양과 언어 씀의 성질과 어투에 따라
그 사람 성격의 특성이 담겨있다.

**말에도 품격이 있으며
말의 모습이 그 사람의 내면을 닮았다.**

왜냐면

말에도 그 사람의 성격과 성품이 묻어나며
드러나기 때문이다.

그러므로
말에도 그 사람의 습관화된 성격과
성품이 드러나니
말에도 품격을 생각해야 하며
언어를 씀에도 품격 있는 언어를 쓰도록
노력해야 한다.

말은 관계 속에 이루어지며
언어도 자기의 품격과 가치를 드러내므로
말을 함에 품격 있는 언어의 습관이 되도록
노력해야 한다.

말에도 다양한 자기의 특성이 드러나며
말도 습관화되면 고치기가 어려우니
관계 속에 자신의 품격과 가치를 위해서라도
습관화된 억양과 언어와 어투를 다스리며
말의 품격과 가치가 향상되도록 노력해야 한다.

품격 있는 말은
자기 가치를 드러내는 기품이므로
누구에게나 존중받을 수 있는 가치를 가진
인격이 드러나는 모습이다.

말은
곧, 그 사람의 품격과 가치이다.

그러므로
말이 품격 없으면 그 사람 성품도 품격이 없으며
말이 품격 있으면 그 사람 성품도 품격이 있다.

말은
그 사람이 살아온 삶과 자기 다스림의 인격과
습관화된 자기관리의 상태가 바로 드러난다.

말은
곧, 상대에게 전달되는 자기의 품격과 가치이니
아무리 외모를 꾸미며 가꾸어도
말이 품격을 잃으면 자기 가치를 드러낼 수 없다.

말은
말이 아니라
자기가 살아온 삶의 인격의 결정체이다.

10. 바보

나는
바보처럼 살았다.

몰라서
정말, 몰라서 바보처럼 살았고,

알아도,
모두에게 이로우면
또, 그들이 즐거워하면 바보처럼 살았다.

바보,
그것이 삶이며
조화(調和)를 이루는 평안의 길이었다.

세상에는
나를 위해 바보가 되어주는 사람도 없었고

또한,
나를 위함이 아니어도
바보는 이 세상에 없었다.

다들,
바보가 아닌, 똑똑한 사람들뿐이었다.

그들의 눈빛이
그들의 말이
그들의 행동이, 누구 하나 바보는 없었다.

모두
잘난척하기 바쁘고
바보스러운 자신을 감추고자 노력하여도
그 눈빛은 바보의 눈빛이며
그 말은 바보의 말투이며
그 행동이 바보의 행동임을 완전히 감출 수가 없어
바보스러움이 그 모습과 행동에 묻어 나온다.

진정한 바보는
온 몸짓 행동이 순진한 바보일 뿐
바보스러움이 없다.

바보는
바보이기에 순진한 바보의 행동을 할 뿐
가식과 거짓과 교만함이 없다.

세상에는
가식과 거짓과 교만함이 없으면
바보가 된다.

진실을 드러내면
모두가 비웃고 비아냥거리며
진실한 그 모습 그대로를 좋아하지 않는다.

세상이
온통, 바보들의 세상이다.

허세의 가식과
자신을 감추는 거짓과
자신을 과시하고 돋보이게 하는 교만함이 없으면
바보들의 세상에 살아갈 수가 없다.

진실은
감추어야만 살아갈 수 있는 세상이 되었다.

순수와
순진함이 어리석음이 되는 세상이다.

똑똑한 척
잘난 척해야만 사람취급을 해주는 세상이다.

세상이 바보들의 세상이니
가식과 거짓과 교만의 모습을 하고
눈빛도, 말도, 행동도
가식과 거짓과 교만으로 돋보임이 묻어나야만
누구나 인정하는 세상이니

진실이 가치 없어 존중받지 못하는
비정상이 정상인 바보들의 세상이다.

정말
드러낼 것 없는 바보가 되면
무엇을 감추는 가식도 필요 없고
없어도 과시하는 거짓도 필요 없고
잘난 척 으스대는 교만도 필요 없다.

세상에
잘나고, 똑똑한 척하는 바보들은 많아도
정말 자기 다스림이 잘 되어
바보처럼 되어버린 순수한 사람이
아쉬운 세상이다.

바보들의 세상에
허세의 가식과 진실 없는 거짓과
자신을 감추려 으스대는 교만의 한마당 속에
나, 또한 그 무대의 한 광대가 되어
바보의 탈춤을 추는 삶의 하루가
저물어 가고 있다.

11. 수양(修養)

수양(修養)은
수(修)는 나의 부족함을 소멸하고 제거함이며
양(養)은 부족함을 성숙하게 함이다.

수양(修養)은
나의 가치와 발전을 위해 목적한 바를 따라
나의 어리석음을 소멸하여 제거하며
나의 부족함을 이끌어 발전하고 성장하게 함이다.

그러므로,
수양(修養)이 무슨 도를 닦거나
심신 수련하는 것만을 일컫는 것이 아니다.

세상의 삶,
이 자체가 곧, 수양(修養)의 장소이며
나 자신의 부족한 부분을 육성하는 세계이니
나 자신의 가치 상승을 위해
나 자신을 일구는 진정한 심신 수련과
수양의 도장이다.

나의 가치 성장을 위해
지식과 지혜와 마음과 몸가짐을 수양하며
나의 가치를 더욱 돋보이게 상승하게 하므로
나 자신이 부족함이 없는 당당함과
사회적 관계 속에 자기의 가치를 인정받고
인간관계 속에 존중받을 수가 있다.

혼자 있을 때는
자기의 가치를 인식할 수 없으나
사회는 서로 다른 다양한 성향의 인간교류 속에
자기의 특성과 가치가 그 속에 드러나며
관계 속에 그 사람의 다양한 일면과 성숙도가
인정받고 인정하게 되는 사회성을 가지게 된다.

그것이 어떤 것이든
사회에 적응하고 인정받을 수 있는
사회적 자기 가치가 돋보이는 수양을 해야 하며,
수양하지 않으면 그 부족함의 결과는
다양한 관계 속에 자기 꿈과 뜻을 펼칠 수 없는
상황을 초래하게 된다.

세상은 관계의 교류이며
관계의 가치와 자질의 성숙도가 부족할 때에는
자신이 원하고 뜻하는 삶의 상황이
원활할 수가 없다.

삶은,
자신을 바람직한 방향으로 성장 성숙시키고
사회적 안목의 교류 속에 자신의 삶을 개척하며
뜻한 바에 따라 유용한 삶의 방향으로 이끌고
인격적, 사회적 떳떳한 삶을 영위하며
개인적 사회적 역할과 역량을 다하는 길이다.

수양(修養)은
자신의 역량을 기르는 것이므로
자신을 위한 어떤 일면이든 게을리할 수 없고
자신을 다스리며 성숙하고 성장한 그만큼
사회적 버팀목의 역량과 힘을 발휘할 수가 있다.

배우고 익히는 다양한 수양도 필요하겠으나
자기 생각을 돌이키고 내면을 자세히 살피며
인격과 성품의 부족한 부분을 원만히 하고
사회적 자질을 더욱 향상하게 하여
누구에게나 존중받는 바람직한 인간성 성숙이
사회적 관계 속에 요구되고 필요한 부분이다.

삶은,
자기관리의 세계이며
자기 가치에 의한 사회적 역할의 삶이니
자기를 수양하고 다스리며 자기 성숙을 한 만큼
그 역량과 역할의 세계가 펼쳐지는 것이
삶의 무대이다.

삶 속에
부족한 부분을 채우고 육성하는 수양은
자기 다스림의 다양한 가치와 능력을 배양하므로
곧, 사회적 삶의 관계와 연결되니

산속에
나무가 수없이 많아도
그 생김새를 따라 쓰임이 다르고

세상 만물이
각각 그 모양과 성질이 다르니
그 모양과 성질을 따라 쓰임새가 다르다.

세상 만물 중에는
그만이 가진 아름다움과 향기로운 것도 있고
그 누구도 닮을 수 없는 독특한 가치의 특성을 가진
귀한 물건도 있다.

자신을 다스리고
열정을 더하며 자기 변화를 거듭하고 가꾼 만큼
그 모습의 성품과 행위의 품격이 달라진다.

2장
승화(昇華)의 향기

1. 초심(初心)

초심(初心)은
새로운 시작의 마음이다.

초심(初心)도
상황에 따라 다양한 초심(初心)이 있다.

무엇이든
처음 접하거나 경험하게 되는 것도 초심이며
무엇을 하기 위한 결정의 마음도 초심이며
새로운 날의 마음도 초심이며
처음의 상태로 되돌아가는 것도 초심이다.

초심(初心)은
설렘과 꿈을 지니고 있다.

초심(初心)을
항상 잊어서는 안 된다는 말이 있다.

무엇이든
처음 가졌던 그 마음을 중요하게 생각하라는

뜻이다.

왜냐면
첫 마음은 꿈과 의지와 무한 희망과
무엇이든 이루려는 결심으로 채워졌기 때문이다.

의지의 꿈을 가진 첫 마음은
무엇이든 극복하려는 의지의 마음이 충만하다.

그러나
시행의 과정에 여러 상황의 변화를 겪으며
꿈과 극복 의지가 충만한 초심(初心)인
첫 마음이 변하게 되고
상황 변화에 따라 극복 의지가 점차 변하므로
첫 마음이 퇴색하게 된다.

왜냐면
생각하는 것과 맞닿는 현실의 상황 변화는
많은 차이가 있기 때문이다.

그것은
어떤 것이든 진행 과정에
여러 상황 변화의 흐름을 겪게 되고
그 속에 발생하는 다양한 문제를 해결해야 하는
시련과 난관에 봉착하기 때문이다.

무엇이든
상황의 변화는 시행하지 않으면 알 수가 없고
시행 과정의 흐름 속에 일어나는 다양한 변화는
여러 상황의 시련을 겪게 되므로
꿈과 의지의 첫 마음 그대로 변함없이
퇴색하지 않고 유지하기가 쉽지 않다.

그러므로
첫 마음 변한 것을 생각하지 못하고
상황의 시련과 문제점의 탓으로만
돌릴 수가 있다.

흐르는 개울물에 떨어진 나뭇잎이
개울물을 따라 흐르다
개울물이 자기가 원하는 곳으로 흐르지 않음을
탓할 수는 없다.

자기 삶의 모든 결정자는
자기일 뿐이며
또한, 어떤 상황이든 자기가 처한 상황일 뿐
자기의 삶에 무엇을 탓할 원초적 까닭이 없다.

삶의 상황과 변화는
봄도 영원하지 않고, 여름도 영원하지 않고
가을도 영원하지 않고, 겨울도 영원하지 않다.

봄, 여름, 가을, 겨울은
삶 속에 흐르는 상황의 계절이므로
봄이오면 봄을 맞아
거기에 맞게 지혜롭게 대처해 살아야 하며

여름이오면 여름을 맞아
거기에 맞게 지혜롭게 대처해 살아야 하며

가을이 오면 가을을 맞아
거기에 맞게 지혜롭게 대처해 살아야 하며

겨울이오면 겨울을 맞아
거기에 맞게 지혜롭게 대처해 살아야 한다.

산천초목 만물이 계절을 따라
그렇게 자신의 체질을 변화해가며 성장하고
그 조화 속에도 적응하며
수많은 꽃이 피어나 향기를 발하고 있다.

그 시련과 경험 속에 지혜가 생겨나고
경험을 통해 삶을 바라보는 안목이 깊어지며
연약한 마음도 세월을 따라 의지가 굳어져
백 년 세월을 넘은 춘하추동 늘 푸른 소나무처럼
의식은 더욱 깨어 굳건해지는 것이다.

삶의 언제나

감각과 의지와 지혜로 극복하고 해결해야 할
다양한 인연 상관관계의 변화 속에서
내일을 맞을 지금 상황에 놓이게 하므로
의지와 경험과 지혜와 용기로
인연을 따라 자기가 원하는 삶을 결정하도록
인연 상황의 생태환경이 펼쳐지고 있다.

태양도, 달도, 소나무도, 대나무도,
국화도, 초롱꽃도
왜? 나는 이렇게 되었는가를 탓하지 않는다.

다들,
자신 존재의 모습과 생태에서
태양은 빛으로 세상과 허공 세계를 두루 밝히는
자신의 삶을 살며,
달은 밤의 어둠을 밝히며 아름다운 모습으로
자신의 삶을 살며,
소나무는 사철 푸르게 기상이 꺾이지 않고
자신의 삶을 살며,
대나무는 속을 비워 곧게 크는 단점을 보완하여
자신의 삶을 살며,
국화는 여러 꽃잎으로 자신의 우아함을 갖추어
자신의 삶을 살며,
초롱꽃은 꽃잎 하나여도 초롱처럼 예쁜 모습으로
자신의 삶을 살고 있다.

모든 존재가
인연한 생태 속에 자기 가치와
자기 의미를 가진 최선의 삶을 살고 있다.

삶의 어떤 상황과 변화에도
아랑곳하지 않고 초심(初心)이 변함없이
세월이 흘러도 그 모습 그대로다.

어떻게 생각하면
그들은 사람이 아니기 때문이라고
생각할 수도 있다.

그러나
오히려 의식이 살아 있는 사람이기에
그들보다도 정신과 삶이 더 가치가 있어야 하며
삶이 더 의미가 있어야 한다.

첫 마음
그것이 무엇이든
초심(初心)은 나의 존재 가치를 살아있게 하고
나의 삶의 의미를 상승하게 하는 뜻이
깃들어 있다.

초심(初心)이 퇴색하거나 잃으면
나의 존재 가치와 삶의 의미를 상실하게 됨이니
삶의 의미를 가진 첫 마음을 일깨워

나의 존재 가치와 삶의 의미를 상승하게
해야 한다.

초심(初心)은
나를 새롭게 하고
나를 새롭게 다잡는 의지의 힘이다.

새가 높은 하늘을 날고자
땅을 박차고 오르며 힘주는 바로 초점 그 자리가
곧, 초심처(初心處)이다.

창공을 높이 오르는 새도
다리로 힘주어 박차는 그 초점 자리가 없으면
몸이 허공을 향해 치솟아 오를 수가 없다.

무엇이든
한 단계 새롭게 발전하고 상승하고자 하면
새로운 첫 마음을 되새기지 않으면
지금 그 상태로 발전 없이 살아야 한다.

꿈이 있고
꿈을 향한 의지가 있으면
자신을 새롭게 하고
마음을 새롭게 다잡는 초심(初心)을 가져야 한다.

그 초심(初心)은

곧, 꿈의 마음이며
꿈을 향해 멈춤이 없는 의지의 정신이다.

그 초심(初心)은
나를 새롭게 하고
마음을 새롭게 다잡는 새로운 정신이다.

그 정신이
항상 깨어있고 살아 있어야
어떤 상황도 극복하며
무한 열린 꿈을 향해 오를 수가 있다.

왜냐면
초심(初心) 속에는
무한을 향한 극복의 다짐과
어떤 상황에도 물러설 수 없는 정신 의지가
철벽같이 강하기 때문이다.

그 초심(初心) 속에
자신 존재의 가치와 삶의 의미와 행복의
모든 꿈이 함축해 들어 있다.

만약,
초심(初心)을 잃으면
자신의 꿈, 그 모두를 잃게 된다.

초심(初心)이
자신의 행복을 향한 꿈의 마음이다.

그것이
이상(理想)을 향해 살아 있는
자신 존재의 의미이다.

첫 마음이
곧, 삶의 이상(理想)인 행복을 향한
끝 마음이다.

첫 마음이
끝 마음인 그 자리가
곧, 꿈의 이상(理想)이 실현된 행복
그 자리다.

**시종(始終) 일심(一心)이
곧, 초심(初心)이다.**

2. 꿈(理想)

삶은
이상을 담은 꿈을 향함이다.

삶은
꿈이며, 희망이며,
보람을 찾아 일구는 꿈 밭이기도 하다.

꿈은,
끊임없이 상승하며
연속으로 진행됨으로 끝이 없으며
끝없는 꿈길의 삶은
더없는 욕심을 가지게 된다.

꿈의 결실은
현재에 있는 것이 아니라 미래에 있으며
현재는 그 꿈을 향해 노력하는
꿈을 가진, 꿈 사람이다.

꿈의 삶은
미래를 향한 희망과 보람을 생각하며
꿈 사람은 꿈에 젖은 눈망울로 꿈을 위해

노력한다.

그러나,
그 꿈에는 자신의 노력과 희생과
끊임없는 용기와 지혜를 더하는 과정들이다.

만약,
꿈을 위한 희생정신이 부족하거나
끊임없는 노력을 게을리하거나
어려움을 극복하는 강인함이 없으면
꿈길에서 포기해야 한다.

누구나,
꿈은 쉽게 가지며
그 목적이 빨리 성취되기를 바란다.

그러나,
그 꿈이 성취될 때까지는
그 꿈이, 끊임없는 노력을 요구하게 된다.

꿈의 완성은
시간과 세월의 흐름에 있는 것이 아니라
자신 노력의 열정과
더없는 극복의 오롯한 정신에 있으며

거기에

더불어 현명함과 지혜를 수반해야
꿈의 시간을 앞당기며
꿈의 완성도를 높일 수가 있다.

무엇이든,
용기만 있다고 되는 것이 아니다.

무엇이든,
극복하지 못하는 것은 용기가 아니다.

극복,
그것이 진정한 용기이며
꿈을 실현하는 진정한 생명력이다.

또한,
현명함과 지혜가 더불어 같이하지 않으면
잘못된 방향으로 흐르거나
원하지 않는 결과를 초래할 수도 있다.

그러므로, 무엇을 하든
모든 일에는 방향성을 명확히 아는 지혜와
때와 상황에 상응하고 대처하는 현명한 행동인
자기 관리의 정신이 깨어있어야 한다.

자기 관리의 정신을 바탕 한 지혜와 용기없이
막무가내 꿈을 가지고 덤빈다고

모두가 뜻대로 성취하는 것이 아니다.

모든 꿈에는
그 꿈이 무엇이든
자신의 희생과 극복의 용기와
상황을 인식하고 대응하는 지혜가 있어야 한다.

그러나,
우연히 잘 되고, 잘 이루어지며
어려움 없이 스스로 잘 이루어진다면

그것은,
눈빛이 남을 위하는 선함이 흐르며
말 한마디 공손하고,
마음 씀이 남의 가슴에 깊숙이 와 닿는
겸손과 배려가 몸에 익어
감동을 주는 마음 씀의 복됨이 있기 때문이다.

그 꿈이 무엇이며, 어떤 것이든
반드시, 남의 도움이 필요하고
상호작용의 인연을 통해 이루어지는 것이니,
자기만 생각하고 행동한다면
꿈을 이룰 성품의 자질을 갖지 못했음이다.

남의 미움과 시기 속에는
무엇이든 뜻을 이루기 어려우니

항상, 자신의 꿈을 위해 성품의 자질을 기르며
믿음과 신뢰는 자신의 더없는 기본가치이니
꿈을 향하는 자의 마음은
항상 부족함을 일깨우고 다스리며 성숙시키는
끊임없는 자기 노력이 요구된다.

꿈은,
그냥 성취되는 것이 아니다.

그 꿈에 알맞은
생각과 행동과 용기와 극복의
자기 다스림이 있어야만 성취할 수가 있다.

지혜로운 자기 다스림이 없으면
그 꿈이 무엇이든
자기 자신의 부족함 때문에 이룩하지 못한다.

꿈꾸는 사람은
꿈을 위한 자기 다스림의 극복을 통해
꿈의 성취에 이르게 된다.

그 꿈이 무엇이든
꿈의 성취가 쉽지 않음은
이상이 높기보다도
그것에 알맞은 자기극복을 하지 못하는
어려움 때문이다.

3. 꿈의 가치

꿈은
누구나 다 가슴에 품고 있으며
그 꿈이 성취되기만을 간절히 원한다.

그러나,
모든 사람의 꿈이 같은 것은 아니다.

모든 사람이 다양한 꿈을 품고
그 꿈의 방향을 향해
자신의 열정을 다하며 노력하고 있다.

세상에
꽃을 피우고 열매를 맺는 꽃나무와
과일나무처럼
꿈 꽃이 활짝 피어나고
꿈의 열매가 맺어지기를 꿈꾸고 있다.

꿈은,
삶을 꽃피게 하므로
꿈을, 피어나는 꽃에 비유하기도 하고

노력한 결과로 꿈의 결실을 얻으므로
결과를 열매에 비유하기도 한다.

모두
수많은 꽃과 열매처럼
다양한 꿈을 품고 삶을 살아가므로
꿈이 있기에 세상의 삶이 아름답게 보이고
삶의 의욕을 느끼며
하루하루의 삶이 꿈길을 향한 시간이다.

마음에 어떤 꿈의 꽃을 피우며
어떤 성질의 열매를 맺고자 하는가에 따라
각자가 삶의 방식이 다르다.

그러나,
그 다양한 꿈들이 피어나고
그 꿈의 열매가 영글어가는 것이
세상 관계의 어우름 속에 서로 연결되어
모든 꿈 꽃이 세상에 피어남이며
세상 삶이 곧, 꿈 열매가 영글어가는 것이다.

꿈이 다양하고
서로 같은 꿈을 꾸지 않아도
꿈을 향한 삶임은 서로 다르지 않으며
꿈 그 자체가 주는 삶의 영향적 가치는
무엇이라 표현할 수 없는 삶의 가치를 가진다.

꿈이 있기에
삶의 방향을 설정하게 되고
꿈이 있기에 삶의 노력이 이루어지며
꿈의 성취를 위해 삶의 여정이 이루어진다.

소중한 꿈일수록
최선의 열정과 지혜를 다하며
그 꿈의 소원성취를 위해 삶을 희생하며
묵묵히 기쁨과 행복을 소망하며 노력한다.

삶의 행위의 기본은 꿈이며
삶의 의욕의 뿌리는 꿈이며
삶의 기쁨과 행복을 향함이 꿈이며
모든 것을 인내하며 참음도 꿈 때문이며
자신을 다스리고 극복하고자 함도 꿈 때문이며
다른 원함이 있어도 절제함은 소중한 꿈
때문이다.

오직, 살아야 하며
살아 있어야 하는 그 이유
삶의 의식 가장자리에 꿈이 있으므로
그 꿈이 삶의 이유와 까닭이 되어
그 꿈의 힘으로 삶의 의욕과 가치를 가지며
자신의 삶을 살아있게 한다.

그 힘이
곧, 꿈의 가치이다.

꿈이 없으면
삶의 의미를 잃으며
살아 있어야 할 목적의식이 없어
단지, 존재 욕구 그 자체에만 의미를 둘 뿐
그 이상도, 그 이하의 삶도 아니다.

꿈이 있으므로
자기 다스림, 절제의 목적도 그 속에 있고
자기 가치를 북돋우는 노력도 그 속에 있으며
세상과 소통하는 한 생명 가치의 삶도
꿈을 매개로 하여 이루어진다.

꿈의 가치는
꿈에 있는 것이 아니라
그 가치는 생명이 살아가는 삶의 원동력이다.

지금, 살아 있어야 하며
이 순간, 죽을 수 없는 단 하나의 이유는
꿈, 때문이다.

4. 가치의 종류

무엇이든
가치는 쓰임새의 종류와 목적
당면한 상황의 다양한 관점에 따라 다르다.

가치의 종류를 간단히 분류하면
평범, 으뜸, 특별의 세 종류로 볼 수가 있다.

평범은
다른 것과 별반 큰 차이가 없는 것이다.

으뜸은
평범보다 우수하며 제일인 것이다.

특별은
평범함이나 으뜸을 넘어선 별종(別種)이다.

평범이라 함은 보편성을 지녔으며
양적 숫자가 많기 때문이다.

으뜸이라고 함은 보편성을 넘어 뛰어나며

양적 숫자가 적기 때문이다.

평범과 으뜸은
서로 비교할 수 있는 대상이 있으므로
평범함이나 으뜸이라는 평가를 하게 된다.

그러므로
평범으로부터 으뜸에 이르기까지에는
각각 차별 부류의 종류가 있으나
서로 대상과 비교할 수 있고 평가할 수 있으므로
한 종류의 부류에 속한다.

그러므로
평범과 으뜸에 이르기까지의 부류는
서로 상대와 비교하게 되므로
항상 서로 경쟁의식을 느끼게 되며
서로 차별 속에 경쟁하며 노력하게 된다.

그럼, 특별이란
평범에서 으뜸에 이르기까지 지니고 있지 않은
특성을 지니고 있음이다.

특별한 것이
만약, 평범에서 으뜸이 지닌 성질만 지녔다면
아무리 뛰어나도 특별한 것은 될 수가 없다.

특별한 것에는
비교할 대상이 없는 별종의 특성을 지니고 있기
때문이다.

무엇이든
우열을 비교할 대상이 있을 때는
그것이 여러 것 중에 으뜸이며 제일이어도
특별한 것은 될 수가 없다.

평범과 으뜸에 이르기까지 모두가
서로 비교하고 경쟁하는 관계의 대상이다.

항상 상대와 비교하는 속에는
노력으로 누구보다 앞선 으뜸은 될 수가 있어도
특별한 가치를 갖지를 못한다.

왜냐면
상대를 비교하며
상대를 능가하려는 경쟁의식 속에는
상대를 비교하는 속성을 지니고 있기에
상대를 앞설 수는 있어도
남과 다른 가치의 차별 특성을 가질 수가
없기 때문이다.

무엇이든
같은 시각으로 같은 생각을 하면

서로 다름없는 같은 종류의 모습이 된다.

그것이
평범에서 으뜸에 이르기까지의 종류이며
그 속에 상대와 비교하며 열등감을 가지거나
자기만족의 우월감에 도취하기도 한다.

이것이
평범으로부터 으뜸에 이르기까지의
서로 비교하고 경쟁하는 심리현상이다.

특별한 것은
서로 비교하고 경쟁하는 심리현상은 없으나
무한 열린 진화의 의식은
항상 자신의 진화를 위해 무한을 향해 있어
지금의 자신을 초월하는 것에 의식을 쏟는다.

과녁을 향해 나르는 화살은 멈출 수 없고
허공을 솟아오르는 새는 멈출 곳이 없으며
시야 밖을 향한 시선은 그 끝점을 알 수가 없다.

특별한 것은
자만도 교만도 만족도 없음은
항상 자신의 부족함을 알기에 자만이 없으며
무엇이든 남과 비교함이 없기에 교만함이 없으며
무한을 향한 열린 의식에는 끝없는 진화를 할 뿐

무엇에 머물러 안착하며 만족할 마음이 없다.

자신의 가치는
자신에게 있는 것이지 남에게 있는 것이 아니니
남의 가치를 좇으며 인생을 허비해도
진정한 자기 가치는 아니다.

무한 열린 자기 가치를 위해
의식을 일깨우며 혼과 열정을 다하다 보면
시간과 세월의 열정이 거듭할수록
혼의 열정이 승화하여 피어난 자기 가치인
무엇보다 소중하고 특별한 꽃과
향기가 피어나리라.

5. 결단력의 가치

결단은
무엇을 판단하여 결정지음이다.

무엇이든
결단에는 다양한 앎의 자기 안목과
옳고 그름을 생각하고 판단하는 자신의 견해와
상황을 인지하는 현명함이 총동원된다.

누구나 항상 일상생활 속에서도
크고 작은 것에 이르기까지 판단하고 결정하며
행동한다.

어떤 무엇이든 행동함에는
결정에 의함이며
결정은 상황판단에 의함이며
상황판단은 상황을 인식하고 분별하며 사유하여
결단하고 결정하여 실천하는 행동이 이루어진다.

우리의 일상 행동이 단순한 것 같아도
다양한 경험과 지식에 의해

복잡한 의식단계의 과정을 통해 이루어진다.

그러나 이 모든 것이
의식 흐름이 번개보다 빠른 순식간에 이루어지니
그 복잡한 과정을 자신이 인지하지 못할 뿐이다.

모든 행동은 결단하므로 이루어지며
결단은 어떤 결과를 선택하는 방향성이 되므로
상황에 따라 결단의 선택은 중요하다.

결단과 결정이 유사성과 차별성이 있으니
무엇이든 선택하고 정하는 것은
같으므로 유사성이 있으며
차별성은 결단은 방향성을 선택함이며
결정은 마무리를 지음이다.

방향을 결단하여 결정하게 되고
결정한 대로 마음을 결단하여 행동하게 된다.

결단하여 결정할 때에는
무엇이든 방향성을 결정하고 마무리 지음이며

결정하고 결단할 때는
결정한 대로
마음을 결단하여 실천 의지를 일깨우며
행동하기 위해 마음을 고쳐 다잡음이다.

누구나 일상의 삶 속에
어떤 뜻을 품고 목적을 위해 결단하고 결정하는
경우가 있다.

그러나
그 뜻한 목적을 이루지 못하는 경우도 있다.

그 핑계나 꼬투리는
다양한 원인이 있을 수가 있다.

그 핑계와 꼬투리 중에는
사실, 작심삼일(作心三日)이라는 속담의 성향이
클 수도 있다.

작심삼일(作心三日)이란
어떤 뜻한 바가 있어 꼭 이루겠다는 결정을 하고
마음을 굳게 가져 실천하여도
시간이 흐르고 날이 갈수록 이러저러한 사정으로
그 의지가 퇴색하므로 얼마 가지 않아
뜻한 바를 이루겠다는 그 생각과 의지까지도
잃어버리게 되는 것이다.

무엇이든 새로운 것을 시도할 때는
그와 어긋나는 자신의 습관을 고치지 않으면
뜻한 바를 이루기 어렵다.

무엇이든 좋은 뜻으로 계획하고
어떤 것이든 결정하여 이룰 것을 맹세하여도
뜻과 어긋나는 잘못된 습관부터 고치지 않으면
작심삼일일 수밖에 없다.

재료가 부실하면 튼튼한 집을 지을 수 없고
결단력이 부족하면 뜻을 이루지 못하며
게으르면 무엇인들 다음으로 미루고
어리석음을 자각하지 못하면 미혹 속에 살며
잘못된 습관은 자신의 인생을 망친다.

결단력의 가치는 실천력에 있으면
실천력의 원천은 물러남이 없는 끈기에 있으며
불퇴전의 끈기는 간절한 원력에 있으며
간절한 원력은 그것이 삶의 절실한 꿈과
희망이기 때문이다.

무엇이든
소중하지 않으면 예사로이 생각하며
소중함의 깊이에 따라 결단의 의지력이 다르니
아무리 소중하게 생각해도
어긋나는 자신의 습관을 다잡지 않으면
무엇을 생각하고 무엇을 이루고자 하여도
한낱 작심삼일의 꿈일 뿐이다.

꼭 이루어야 할 것이 있다면
이지러진 달의 모습이 둥글어져 밝아지면
봄은 기다리지 않아도
꽃은 피어
온 세상에 꽃향기가 봄소식을
전할 것이다.

6. 안목(眼目)

안목(眼目)은
무엇이든 인식하고 분별하는 견해이다.

그러므로 안목(眼目)은
배운 만큼 인식하며
경험하여 아는 만큼 분별하며
의식이 성숙하고 열린 정도에 따라
분석하게 된다.

그러므로 안목(眼目)은
지식과 지혜의 정도와 의식 성숙의 차별에 따라
안목(眼目)의 깊이가 다르다.

안목(眼目)의 깊이와 한계는
경험과 앎의 총체적 결정체라고 해도
과언은 아니다.

안목(眼目)에 의지해 삶을 추구하고
무엇이든 옳고 그름을 판단하며
자기 안목(眼目)의 주관점에 따라

일상의 모든 행동과
삶의 방향과 길을 선택하게 된다.

누구나 자신의 삶을 이끄는 것은
무엇이든 옳고 그름과 좋고 싫음을 판단하는
자기의 안목(眼目)이다.

안목(眼目)은
삶을 통해 배우고 경험하며 축적한 견해로
사물과 세상과 삶을 인식하고 바라보는
분별 시각의 판단력이다.

안목(眼目)은
무엇이든 옳고 그름을 분별하고 판단하는
자기 견해의 기준이 되므로 중요하며
안목의 깊이와 성장은 무한히 열려 있어
의식의 성장과 함께 안목도 깊어지며
확장하게 된다.

그러나 안목(眼目)도
열린 생각과 열린 마음을 가지지 않으면
고정관념이 되어 자기의 안목에 갇힌
우물 안 시각이 될 수도 있다.

누구나 안목(眼目)이 같을 수 없음은
배움이 다르고, 경험이 다르며

의식 상황의 시각이 차별이 있기 때문이다.

안목(眼目)은
자기 견해이니 모두 다를 수밖에 없다.

그러나 안목(眼目)이 열릴수록
모두를 수용하고 위하는 안목으로 확장되며
그 안목은 전체를 이롭게 하는 화합과 평화의
자연스러운 융화의 길을 열게 된다.

안목(眼目)이
자기 이로움에만 치우치면 이기적이며
자기 견해에만 치우치면 우물 안 시각이며
모두를 수용하는 상생의 안목은
안목의 한계를 벗어난 최고의 지성이며
무한 열린 사랑의 지혜이다.

최고의 완전한 지성과
무한 열린 사랑의 안목이 열리기까지는
끊임없이 안목(眼目)이 변화하고 성장하며
무한 열린 세계를 향해 상승하게 된다.

왜냐면
최고 최상의 안목(眼目)이
무한 사랑이 열린 최고 지성의 안목이기
때문이다.

무엇이든 옳고 그름의 안목은
항상 이유와 분별의 자기 견해와 논리에 치우쳐
시비(是非)에 빠져 완전한 이상(理想)의 결과를
창출하거나 얻지 못한다.

왜냐면
무엇이든 모든 문제의 근원은
나눔인 분열로부터 비롯하기 때문이다.

무한 사랑이 열린 최고의 지성은
나눔의 분열이 서로 융화하여 하나 되고
그 속에 옳고 그름의 문제가 자연히 해결되는
속성을 지니고 있기 때문이다.

차별 속에 옳고 그름은
또 다른 옳고 그름의 분열을 일으키게 되고
그 끝은 서로 융화로 둘 없는 하나가 되기까지
옳고 그름의 시비는 끝이 없을 것이다.

분열은
또 다른 분열을 조장하게 되고
융화는 분열의 문제점을 해결하게 되니
완전한 융화를 이루기 전에는
옳고 그름의 문제점은 해결되지 않는다.

그것은

서로 융화하지 못해, 나눔과 분열로 비롯한
자기 견해와 논리에 치우친 옳고 그름의
문제점들이다.

완전한 융화의 안목(眼目)이
최상의 안목이며
무엇이든 나누고 분별하는 것에는
완전한 안목의 길은 없다.

완전한 안목(眼目)은
옳고 그름을 명확히 분별하는 것이 아니라
그 문제점을 완전히 해결하는
참다운 지혜이다.

7. 경륜(經綸)

경륜(經綸)은
상황을 맞닥뜨린 경험이다.

경륜(經綸)은
곧, 삶의 여러 경험이다.

경륜이 있어야
상황에 대해 대처능력이 있으며
무엇이든 계획하고 실천함에 실수가 적고
상황에 따라 분석하고 판단함이 명확할 수 있다.

삶 속에 다양한 경험은
그것이 어떤 것이든 삶의 경험이 되어
상황에 따라 느끼고 판단하며 경험한 것들이
삶의 여러 상황의 환경에서 접목하며 살게 된다.

무엇이든
경험하지 않은 것은 알지 못하며
경험은 지식과 그에 대한 안목을 갖게 하므로
경험에 따라 다양한 시각의 눈을 뜨게 된다.

경험하지 않은 일에는 실수가 있을 수 있고
뜻과 같지 않음에 의지가 꺾이거나
용기를 상실할 수도 있다.

삶이란
생각대로 무엇이든 뜻대로 되는 것이 아니다.

삶의 길은
뜻을 세우고, 그 뜻의 실현을 위해 계획하며
다양한 조건과 상황을 생각하고 고려하며
용기와 희망을 가지고 새로운 배움과 경험 속에
자기 자신을 다스리며 그 길을 가게 된다.

삶은 어떻게 살아도 변화에 적응해야 하는
상황을 접하므로 편안함만을 생각해서는 안 되며
단지, 뜻하는 바를 따라 삶을 선택해
그 속에 꿈을 가꾸며 자신이 원하는 방향을 향해
여러 조건과 상황을 개선하고 변화시키며
목적한 바를 따라 삶을 살 뿐이다.

그러다, 시간과 세월이 쌓여
삶의 경험이 축적되고 삶의 안목이 생기며
무엇을 보아도 옳고 그름의 견해가 분명하고
행하지 않아도 그 결과를 가름하게 되는
경륜의 지식과 지혜를 갖게 된다.

그것은,
그냥 얻어지는 것이 아니며
또한, 배워서 아는 것이 아니니
춘하추동 시간과 세월의 현실을 피부로 겪으며
어려운 상황을 맞닥뜨리는 부딪힘의 방황 속에서
경험하고 터득하며 눈이 밝아져 이루어진 것이다.

경륜의 지혜는
경험하지 않고는 얻을 수 없는 지혜이니
경륜은, 남에게 듣고 배운다고 되는 것이 아니며
부딪히는 현실 속에서 얻게 되는 교훈을 통해
지혜가 생기고, 안목이 열리어 얻어지는 것이니
겪지 않으면 알 수 없는 체험의 축적이다.

경륜을 쌓다 보면
비바람에도 버틸 수 있는 자생력을 가지며
가슴에서 솟구치는 의지를 통해
나약한 자신을 극복하는 법을 터득하고
점차 나가는 자기 극복의 현실이
곧, 경륜의 지혜이다.

삶의 어떤 어려움도
경륜의 지혜가 부족한 탓이니
시간과 세월이 흘러 자신을 되돌아보면
경험이 부족해 상황에 미숙했든
자신을 깨닫게 된다.

배워 아는 지식은 나의 것이 아니나
경륜을 통해 얻은 경험의 지혜는
고스란히 나의 것이 되어
삶을 바라보는 자기 체험의 온전한 시야를
열게 된다.

삶은 경륜의 길이며
경륜은 삶을 열어가는 밝은 안목의
지혜이다.

8. 화살

과녁,
일 점을 향한 화살은
오직, 일념뿐
어떤 헤아림의 분별이 없다.

표적을 향하는 화살은
오직, 과녁 일 점뿐
어떤 잡념도 일어남이 없다.

마음이 헤아림 속에 있음은
아직, 과녁을 향하는 화살이 아니니
의지의 일 점 과녁을 정하지 못하였거나
아직, 간절한 의지가 없기 때문이다.

삶 속에
관심과 열정을 쏟을 곳이 없는 것도
바람직한 것은 아니다.

행복은
어떤 편안함을 추구하는 것보다,

뜻한바 의지의 열정을 쏟고
그것에 삶의 의미와 가치를 부여하며
명확한 의지와 그 목적을 향한 열정적 창조와
생산적 가치에 행복의 의미를 부여하며
끝없는 자기 가치의 향상을 위해 나가는
의지의 목적을 향한 화살 정신을 가진 것이
존재의 가치와 삶의 의미가 더 높다.

만약,
마음이 어떤 분별에 얽매이거나 물들면
그 상황에 의식이 머물게 된다.

나는 화살은 과녁을 향할 뿐
머물지 않는다.

화살 정신은 상승을 향한 일념 의지의 작용이며
과녁은 의지가 향한 이상(理想)이다.

이상을 향한 의지의 작용에는
어떤 장애도 뚫어 걸림이 없어야 한다.

만약,
과녁을 향한 화살이 장애를 뚫지 못하면
이상을 향한 과녁의 일 점을 놓칠 수가 있다.

나는 화살 정신은

첫째 과녁의 시선을 놓지 않음이며
둘째 과녁을 향한 노력을 쉬지 않음이며
셋째 의지가 어떤 장애에도 이끌리지 않음이며
넷째 정신이 과녁을 향해 나는 화살촉
과녁을 향한 예리한 앞부분을 벗어나지 않는다.

과녁을 향해 나는 화살은
과녁을 놓지 않은 명확한 의지작용의 의식만
뚜렷할 뿐이다.

무엇이든,
어떤 길을 향하든
목적을 향한 뜻이 분명하고
그 초점을 잃지 않고 의식이 뚜렷하면
마음에 분별의 장애가 없다.

나는 화살이어도 지혜가 필요하니
과녁을 향해 명확하고 뚜렷한 의식을 놓치면
과녁의 방향성을 놓치게 된다.

과녁의 방향성을 놓치거나 잃은 것은
마음에서 일어나는 분별의 헤아림 때문이니
우연히 일어난 분별심이
과녁을 행해 나는 화살도 멈추게 한다.

뜻이 명확하고

과녁의식이 뚜렷할수록
모든 장애에 걸림이 없어
나는 화살이 과녁을 뚫게 된다.

그것은
분별이 없었기 때문이 아니라
과녁 의식이 명확하고 분명하며 뚜렷하여
과녁의 시선을 놓지 않았고
그 마음이 흐트러지지 않았기 때문이다.

그것은
과녁을 향한 오롯한 일념 정신에
오직, 분별이 없음이다.

그것이
나는 화살의 분별없는 지혜이다.

화살은
무엇에도 머물거나 걸림이 없이
명확한 의지로
과녁을 향해 나아가는 의지의 일념이다.

9. 극복(克服)

극복(克服)은
어려움과 장애를 넘음을 극복이라고 한다.

삶은
무엇이든 뜻과 원하는 바를 따라 이룩하는 것이
삶의 길이므로
삶은, 곧, 극복의 길이다.

삶을
어떻게 살아야겠다는 뜻이 없고
원하는 바가 없으면
극복해야 할 장애가 없다.

그러나,
삶을 어떻게 살아야겠다는 뜻이 있고
원하는 꿈이 있으면
자신이 나아가야 할 삶의 방향성이 생기므로
그 원하는 것을 이루기 위해서는
자기 뜻을 따라 노력하므로 성취할 수 있다.

이룩해야 할 뜻이 명확하고 강할수록
극복 의지는 강해지며
뜻과 의지가 얼마나 강하고 굳으냐에 따라
극복하기 어려운 상황도
능히 극복하여 성취하게 된다.

삶의 모든 어려움은
삶을 사는 누구에게나 모두 다 있으며
그 어려움을 어떻게 극복하느냐는 것은
개인의 상황과 지혜와
극복 의지의 끈기와 용기를 통해 이룩하게 된다.

극복이란
끈기와 용기와 물러남이 없는 정신력으로
길이 없으면 길을 만들며
방법이 없으면 방법을 모색하고
뜻에 따라 자신을 새롭게 변화시키며
어려움과 장애를 넘는 것이다.

극복은
뜻에 따라 차이는 있으나
어떤 어려움의 극복이든 자기 의지의 길이니
뜻에 따라 자기 변화가 무엇보다 중요하다.

극복을 통해
자기 발전과 성장을 도모하고

극복한 자기 변화와 노력의 가치가
다음의 어떤 어려움도 극복할 수 있는 자질과
능력을 배양하게 된다.

자신이 결정한
뜻한 바의 삶에 불가능은 없으니
뜻에 따라
어떻게 자신을 개혁하고 다스리느냐가 관건이며
그에 따라 불가능한 것도 가능하게 되며
또는 가능한 것도 불가능하게 된다.

자기의 삶은
자기의 뜻에 따라 선택하고 결정하므로
그 결정 의지가 명확하고 뜻이 분명할수록
그 뜻에 걸맞은 새로운 자기 변화를 해야만
뜻한바 모든 것이 가능하다.

극복 의지는
반드시 자기 변화를 하게 되니
자신을 어느 선상에까지 변화시키느냐에 따라
성취가 가능하고 불가능함이 결정된다.

뜻만 있다고
무엇이든 이룩하고 성취되는 것이 아니다.

뜻에 걸맞은 자기 변화가 없으면

뜻은 뜻이 아니라 헛된 꿈일 뿐이다.

극복,
그 자체는 자기 변화를 요구하며
그 변화의 정도에 따라
자기가 노력한 결과를 얻게 된다.

세상 사람 중에는
길 없는 길을 가는 사람들이 많다.

삶의 길에
우뚝, 가로막고 있는 장애가 있다면
그 장애 앞에 선 사람은
길 없는 길에 선 사람이다.

길 없는 길에 선 사람에게는
길이 없는 것이 아니라
길 없는 그 자체가 곧, 길이다.

길 없는 것이 막연함이 아니라
무한 창조의 길을 가도록 펼쳐주는 것이니
지혜와 용기와 끈기와 물러섬이 없는 정신으로
자기 삶을 개척하는 길을 열어주는 것이다.

극복은
장애가 아니라, 무한 창조의 길을 열어주는
자기를 개혁하는 새로운 삶의 문이다.

극복을
어떻게 하느냐의 극복 정도에 따라
다음에 펼쳐지는 내일의 삶이 달라진다.

극복은
감추어진 미래 삶의 갈래를 선택할 수 있는
자신에게 주어진 과제이다.

10. 득력(得力)

득력(得力)은
추진력을 얻음이다.

무엇이든
뜻을 행함에는
추진력을 얻어야 함이니
힘을 얻지 못하면 결과를 이루지 못한다.

득력(得力)은
뜻과 의지의 작용과 정신력이 하나 되어
추진하는 의지의 행이 얼마나 굳센가에 따라
추진 탄력의 세기 정도가 다르다.

뜻은
생각이 명확한 의지의 분별로 결정되고

의지의 작용은
명확한 뜻을 놓지 않는 정신력으로 작용하며

정신은

뜻을 향한 의지의 작용이 끊임이 없어야
뜻을 향한 정신력이 생겨나 굳어지며

추진력은
뜻을 향한 의지의 작용이 정신을 일깨워
물러남이 없는 명확한 정신 의지의 힘을 갖출 때
의지로부터 힘을 발휘하게 된다.

또한, 힘을 얻어도
추진력인 힘의 정도에 따라
뜻한 바의 성취가 빠르고 더딤과
노력한 결과의 크고 작은 정도가 다르다.

또한,
의지만 있다고
뜻한 바가 성취되는 것이 아니다.

의지도 힘이 있어야 함이니
의지력이 굳세어
의지가 흩어지거나 파괴됨이 없어야
물러남이 없는 강한 의지력으로
뜻한 바를 성취하게 된다.

또한,
바람만 있다고
원(願)이 성취되는 것이 아니다.

원(願)하는 힘의 크고 작음과
원(願)을 위해 노력하는 힘의 세기에 따라
이루고 이루지 못함의 결과와
이루었어도 성취의 크고 작음이 결정된다.

수행도
힘을 얻어야 함이니
수행의 힘을 얻기 전까지는
정진력 부족으로
수행의 순일함에 들지 못하므로
뜻한바 원만한 결과를 얻기가 어렵다.

복(福)도 차별이 있음은
복력(福力)이 다르기 때문이니
복(福)이 있어도 힘을 갖지 못하면
힘없는 복(福)은
하루해 넘기기도 어려우니
복(福)이 있다 하여도 힘이 없으면
하루의 단꿈과 같다.

삶의 복(福)은
인과 업력(業力)의 세계이니
복(福)도 힘이 없으면
다가오는 업의 시간과 세월을 감당하기 어려우며,
복(福)이 힘이 있다고 하여도
지혜가 없으면

그 복력(福力)을 보존하기 어렵다.

복(福)은
욕심으로 지탱할 수 있는 것이 아니니
복(福)은 복(福)의 힘으로 보존해야 하므로
복(福)과 지혜가 함께하지 않으면
욕심이 복(福)의 힘을 쇠퇴하게 하여
한 생을 누릴 복력(福力)이라도
하루해 넘기기도 힘들다.

무엇이든
힘을 더하여 힘이 충실하면
어떤 것이든 발전하고 번성할 것이며
뜻을 세워도 힘을 얻지 못하면
생각만 분분할 뿐
소득이 없다.

11. 의지(意志)

오직,
움직임 없고
움직이지 않으며
움직이려 하지 않는다.

누가
움직이려 해도 움직임이 없다.

비바람이 불어도 꺾이지 않는
오직, 부동(不動) 그것이 의지(意志)이다.

생각은
의지가 아니다.

결단을 못해 움직이는 것이 생각이며
생각은 결정 못한 방황이다.

무엇이든
결정하면 생각이 끊어진다.

결정 하였어도 생각이 끊임이 없으면
결정한 것에 의지가 굳지 못하기 때문이다.

의지가 굳건하면 방황이 끊어져 평안하며
의지가 굳으면 생각이 간결하다.

가만히
있는 것이 의지가 아니다.

의지는
불길처럼 타오르기도 한다.

의지는
물처럼 유순하기도 한다.

의지는
태풍처럼 온 힘을 발휘하기도 한다.

의지는 뜻이므로
결단한 뜻이 움직임이 없음이며
움직인다면 의지가 아니다.

움직임이 없는 의지를 따라
불길도 되고, 물도 되고, 태풍도 되어
이루지 못할 결과도 시련을 극복해 성취하여
이룩하게 된다.

의지가 굳지 못하면 꿈도 사라지며
의지가 굳지 못하면 뜻한 바를 이루지 못한다.

큰일을 함은 의지가 굳기 때문이며
큰 삶을 산 사람은 의지가 굳음이 태산(泰山)이다.

의지는 뜻을 가진 정신이며
의지는 뜻을 이루는 역량이니
의지가 나약하면 가진 뜻을 이룰 수 없으며
생각한 뜻을 이룰 심량(心量)의 그릇이 못 된다.

자신의 꿈에 걸맞은
스스로 의지가 굳은가를 살펴야 한다.

의지는 꿈을 이루는 원동력이며
꿈은 의지의 땅에 뿌리를 내려 자란다.

의지의 힘은
보이지 않는 삶을 열어가는 힘이다.

의지는
생명처럼 소중하며
꿈의 성취는 의지의 힘의 결과이다.

삶은
의지의 길이며
의지, 그것이 곧, 나의 역량의 모습이며
삶을 극복하는 힘이다.

12. 인(忍)

인(忍)은
절제(節制)의 뜻을 가진 참음이다.

인(忍)은
상대를 다스림이 아닌
자기 자신을 다스리는 방법의 하나다.

인(忍)은
바람직하지 못하거나
평정을 잃게 하는 욕구, 감정, 행위, 말 등을
절제함이다.

인(忍)은
억제가 아니라
평정을 잃지 않는 긍정적 자기 다스림이다.

인(忍)은
평정과 안정과 평안을 잃지 않는 절제이니
욕구와 감정과 행위와 말을 절제함은

경솔함을 제어할 수 있으며
자기의 품격과 가치를 잃지 않는 행이다.

무엇이든
참지 못한 행동은 실수나 허물이 될 수도 있고
또는, 경솔하여 상황을 어렵게 만들거나
문제를 유발할 수도 있다.

인(忍)은
생각과 행동에 앞서
옳고 옳지 않음과 실수나 허물 됨이나
또는 경솔함이 없는가를 되돌아보는
생각과 행위를 멈추는 절제의 의미가 있다.

인(忍)은
억제가 아닌 바람직한 절제이니
자신의 실수와 경솔함과 허물 됨을 제어하는
다스림이다.

욕구와 감정과 행위와 말을 참지 못해
실수를 범하여 후회하는 경우가 허다하며
그로 인해 예기치 않은 상황이 발생할 수가 있다.

욕구와 감정과 행위와 말은
성격이나 습관적으로 행하는 부분이 많아
자기의 경솔하고 부족한 모습이

우연히 습관적으로 나오는 경우가 있으니
무엇이든 생각하고 행동해야 한다.

그러나
성격이나 습관화된 부분은
생각도 하기 전에 습관적으로 행위가 되니
인(忍)이란 실수를 적게 하고
자신의 부족한 점과 경솔함을 제어하는
멈춤과 절제의 마음이다.

인(忍)은
누구에게나 필요한 것이니
혼자 있거나 여럿 있어도
인(忍)은 매 순간 필요한 것이다.

무엇이든
바람직하지 못하거나 옳지 않은 것이면
절제가 필요하다.

무엇이든
절제하지 못함은
자기 다스림의 절제력이 없기 때문이다.

자기 발전과 성장을
꼭 이루어야 할 목표가 있는 사람은
인(忍)으로
항상 자기 점검을 생활화하지 않으면
뜻하는 결과를 얻기가 어렵다.

**왜냐면
인(忍)은 언제나 현명한 선택을 하게 하는
지혜이기 때문이다.**

13. 극복의 힘

삶 속에
극복하지 못할 불가능이란 없다.

만약,
극복하지 못할 불가능이 있다면
그 불가능을 가능하게 하는 방법을
아직 모를 뿐이다.

극복의 힘은
무엇이든 긍정적 의지의 힘이니
긍정적 의지는 불가능을 가능하게 하는
원동력이다.

부정적 의지는
자신 의지의 고정관념 한계일 뿐
불가능한 것이 아니다.

긍정의 의지는 결과의 긍정적 요인이고
부정의 의지는 결과의 부정적 요인이다.

무엇이든
긍정의 의지에는 부정적 고정관념이 없다.

그러므로
긍정의 의지 속에 자신의 한계를 넘으며
불가능을 가능하게 한다.

무엇이든
불가능한 생각을 가지면
자기 극복을 할 수가 없으며
자기의 한계를 벗어나는 성장을 할 수가 없다.

무한 자기 성장을 위한 길에는
항상 무한 긍정의 정신이 살아 있기에
자신의 한계를 벗어난 삶의 결과를 얻게 된다.

무한 극복의 힘은
무엇이든 긍정의 정신에서 발현하니
긍정의 정신이 없으면
자기 성장 발전의 삶은 기대하기 어렵다.

무한 가능성을 향한 무한 긍정 정신은
긍정의 의지를 갖게 하므로
길이 없는 곳에는 길을 만들고
불가능한 것에는 창조의 지혜를 도모한다.

삶의 길은
무한 긍정의 정신으로
자신의 삶을 위한 의지의 힘을 북돋우며
당면한 과제에 대해 긍정적 지혜를 도모하고
긍정의 정신으로 삶의 하루를 맞으며
내일에 또 다른 성장의 자기 모습을 추구하며
끊임없는 자기 성장이 멈춤이 없어야 한다.

아직,
숨을 쉬고 있고
심장의 맥박이 뛰고 있다면
무한을 향한 생명의 삶이 살아 있음이다.

숨을 쉬지 않으면 죽음이며
맥이 뛰지 않으면 심장이 멈춤이니
숨을 쉬고
맥이 뛰고 있다면
무한 긍정을 향한 의식이 멈춤이 없어야 한다.

무한
긍정의식이 없으면
생명 무한 진화와 승화가 살아 있는 정신 의지의
숨과 맥이 끊어진다.

무한을 향한 정신이 살아 있음은
무한 긍정 진화의 정신이 살아 있음이다.

긍정은
극복의 무한 정신이며
극복의 힘은 무한 긍정의 힘이다.

무한 긍정은
무한 극복 의지가 멈춤이 없이 살아있는
생명의 힘이다

태양이
어둠 속에 솟아오르는 장엄함과
천지 우주 만물이 운행하며 흐르는 그 길도
무한 긍정 섭리의 길이다.

깊은 무한 긍정 속에는
극복하지 못할 불가능이 없다.

그것이
의지의 정신이 살아있는 숨결이며
무한 승화의 의지가 살아 있는
맥박이다.

14. 방황과 혼돈

삶은
방황과 혼돈을 거듭하며
경험을 쌓고
경험함이 지혜가 되어 안목을 열며
지금 당면한 상황을 어떻게 해야 하는 가를
가름하고 결정하게 된다.

보지 않았고
듣지 않았으며
경험하지 않은 것에는
상황에 따라 방황과 혼돈을 하게 되고
당면한 상황에 어떻게 해야 할 바를
모르게 된다.

무엇이든 경험이란
옳고 그름을 가름하는 안목을 열고
상황을 분석하고 해결하는 지식과 지혜를
얻게 된다.

무엇이든

경험하지 않은 것은 알 수가 없고

경험하였다 하여도
그 경험이 자신의 안목을 일깨우는
계기가 되지 않았다면
그 경험의 가치는 미약하다.

**방황은
무엇이든 결정하지 못한 상태이며,**

**혼돈은
무엇이든 명확한 분별을 하지 못함이다.**

방황과 혼돈은
삶의 일상 속에도 흔히 맞닥뜨리게 되는
상황 속에 놓이게 된다.

그러므로 삶은 상황에 따라
매 순간 선택의 상황에 놓이게 되므로
무엇이든 명확히 보는 안목이 중요하다.

삶의 일상은
크고 작은 선택의 갈래에 놓이게 되고
선택에 앞서 항상 망설임과
어느 것을 우선하고 선호해야 하는가를
가름하게 된다.

어떤 것이든
선택에 따라 길이 달라지며
선택의 인연을 따라 관계 인연의 일상과
인생의 삶이 달리 펼쳐진다.

무엇이든 선택에는
현명함이 있어야 한다.

현명한 선택에는
선택의 안목이 중요하다.

어떤 결정이든 선택에는
뜻하는 바람과
상황을 판단하는 경험과 지식과 지혜가
아울러 결정하게 된다.

그 결정의 결과가 어떠하든
그 결과에 이르는 과정을 통해
또 다른 배움과 경험을 쌓게 될 것이다.

만약,
잘못 선택함이 있었어도
그 역시, 또 다른 경험을 쌓게 되고
그 경험의 안목이
다음 상황의 선택을 현명하게 하는
계기가 되게 한다.

경험하지 않고
겪어보지 않은 것은 알지 못한다.

삶은 항상
새로운 상황과 맞닿는 찰나의 현실에서
방향성을 선택하고 결정해야 할
매 순간의 상황에 놓이게 된다.

그 선택 상황의 순간에
방황과 혼돈을 통해
고뇌하고 갈등하며 무엇이든 가름하여 선택하고
그를 통해 경험하며
방황과 혼돈 속에 끊임없이 성장한다.

그 연속의 모습이
삶이다.

삶은
숱한 경험 속에
자신의 부족함을 끊임없이 일깨우고
상황 속에 경험을 쌓고 삶을 생각하며
성장해가는 과정들이다.

지난 경험과 자신을 되돌아보는
철저한 성찰의 눈이 있으면
망설임과 방황 속에도 길이 보이고

혼돈 속에도 가름하여 명확히 드러나는 그것이
경험과 성찰의 지혜이며
삶을 축적한 안목의 시선이다.

삶의 안목과
지혜의 밝음은 그렇게 성장하며
눈이 열린 만큼
방황과 혼돈을 벗어날 수가 있다.

삶의 나날은
경험하지 못한 것을 경험하는
새로운 또 다른 상황을 경험하게 되므로
삶은 끊임없이 배우며 느끼고
자각의 안목을 끊임없이 열게 된다.

그것이
삶의 끊임없는 길이며
새로운 꿈의 하루를 맞이하며 삶을 여는
무한 창조의 삶이다.

15. 포기(抛棄)

포기(抛棄)는
어떤 뜻이나 생각을 버림으로
마음 비운 것이다.

마음은
항상 필요 없는 잡생각과
사소한 갈등과 부정적 생각의 번뇌와
끊지 못하는 잡념들로 늘 가득 채워져 있다.

마음이
자신의 성장이나 발전,
또는, 자신에게 이로운 건강한 생각보다
필요 없는 사소한 생각과 습관적 잡념으로
마음이 항상 깨끗하지 못하고
건강하지 못하다.

마음이
사소한 잡념과 번뇌,
긍정적 또는 부정적 괴로움을 벗어나지 못함은
필요 없는 것을 포기하지 못하기 때문이다.

포기는
마음을 비워 맑고 깨끗하게 하는
정화의 한 방법이다.

무엇이든
생각하지 말아야 하는 것은
단지, 잊으려고만 한다.

잊는다는 것은
생각을 지우거나 잠재되게 하는 것이지
포기가 아니다.

포기는
생각의 뿌리를 잘라버리는 것이므로
잊는 것보다, 마음을 비우거나 정화하거나
마음을 깨끗하게 청소하는 방법으로는
탁월하다.

잊는다는 것은
잊을 것에서 벗어나는 방법이 아니다.

잊는다는 것은
마음에서 그 생각을 지우려는 것이다.

그러나,
마음은 물질이 아니므로 형상이 없어

깨끗이 지워지지 않아
잊었다 하여도 잊은 것이 아니므로
또 생각이 떠오른다.

그러나 포기하면
인연을 뿌리째 잘라버리는 것이므로
다시 일어날 것도 없다.

잡다한
생각과 근심과 번민의 고통으로부터
벗어나는 길은
무엇이든 포기하므로 마음을 항상 비워
깨끗하고 건강하게 하는 것이다.

마음은 무형이므로
비운다고 비워지는 것이 아니며
깨끗하게 한다고 깨끗해지는 것이 아니며
잊는다고 잊히는 것이 아니다.

왜냐면
마음은 습관적으로 생각을 일으키므로
잡다한 생각을 일으키는 습관과
잡생각에 얽매는 습관을 바꾸어야 한다.

잡생각을 일으키거나
잡생각에 얽매는 습관을 고치는

좋은 방법이 포기이다.

왜냐면
포기를 하면
포기한 것에 대해서는 생각이 끊어지며
다시, 그 생각을 일으키지 않기 때문이다.

무엇이든 포기하지 않으면
상황에 따라 다시 그 생각을 불러일으키므로
그것에 얽매이게 된다.

포기는
자신의 마음을 항상 건강하게 하고
정화한 깨끗하고 맑은 상태를 유지하게 하므로
무엇에도 이끌림이 없는 마음의 상태를
유지할 수가 있다.

무엇이든 포기하면
잡다한 생각과 번민에도 이끌리지 않고
마음이 깨끗하게 청소가 되며
마음이 잡다한 것에 얽매거나 이끌리지 않는다.

마음은
필요 없는 사소하고 잡다한 것을 쌓아놓은
쓰레기 창고와도 같다.

마음속에는
정작, 필요한 것보다
필요 없는 것을 너무 많이 쌓아놓고 있다.

마음을
깨끗이 청소하지 않으면
아무리 시간이 오래 흘러도 버려지지 않는
쓰레기들로 꽉 채워져 있다.

마음 안에
이 쓰레기들을 버리고 깨끗하게 청소하는 것이
바로 포기이다.

포기하면
미련도 없고, 잊을 것도 없다.

포기하면
그 순간에 모두 깨끗이 정리되기 때문이다.

그리고,
정리된 깨끗한 마음에
바람직한 새로운 희망의 꿈과
가치 있는 아름다운 생각의 꽃을 심는다.

그 향기로
자신과 이 세상을 이롭게 하는

아름다운 생각과 마음에 가득한 향기로
세상을 이롭게 하고 가치 있는
생명의 삶을 살아야 한다.

포기는,
잡다한 생각에 얽매이고 지친 병든 마음을
깨끗하고 건강하게 하는 신비한
약(藥)이다.

16. 불필(不必)

불필(不必)은
필요하지 않다는 뜻이다.

필요하지 않은 잡생각
필요하지 않은 것에 이끌리는 관심 등
괜한 것에 이끌리는 시간에
자신을 방치하고 삶을 허비하는 경우가
허다하다.

필요 없는 것에서 벗어나
정작, 자기 성장과 발전을 위한 이로운 생각과
자기를 위해 유익한 시간의 관리를
습관화해야 한다.

그러나
벗어날 의지가 없으면 잡생각을 끊을 수 없고
잡다한 괜한 것에 이끌리어
일상 속에도 필요 없는 것에 자신을 허비하는
시간이 허다하다.

그것을 벗어나고자 하면
자기를 다스리는 방법이 있어야 한다.

마냥,
잡생각에 이끌리면
잡생각이 가지를 벌려 끊임없이 이어진다.

또한,
괜한 것에 이끌리어 자신을 허비하여도
자신이 돌이켜 자각하지 못하면
시간을 끊임없이 허비하는 줄을 모른다.

잡생각의 시간에
자기 발전을 위한 이로운 생각을 하며,
괜한 것에 이끌리는 시간에
자기 성장을 위해 시간을 관리하는 노력이
필요하다.

그러기 위해서는
자기 자신의 자각 반응을 위한 메시지
구호(口號)가 필요하다.

잡생각 중에,
또는, 괜한 것에 이끌리는 그 순간에
자각 반응을 위한 메시지 구호를
자기 자신에게 말하면 된다.

그 메시지의 구호(口號)가
바로, "불필(不必)"이다.

불필(不必)은
필요하지 않다.
필요 없다. 는 뜻이다.

잡생각 중에도 자신에게
불필(不必), 이라고 하면 잡생각이 끊어진다.

또한,
괜한 일에 이끌리는 그 순간에
자신에게, 불필(不必), 이라는 말을 하면
벗어날 수가 있다.

이 자각 반응법에 의해
필요 없는 것에 이끌림을 제어할 수 있으며,
자신을 허비하는 헛됨을 되돌리어
자신을 이롭게 하는 자각 반응법이다.

**불필(不必),
일체 허망함에 이끌림을 벗어나는
자각의 구호이다.**

17. 불(不)

불(不),
아니다.

아니니까! 아니라고 한다.

아니니까, 되돌리어 돌이킬 뿐
아님을 부정하거나, 변명하려고 하지 않는다.

아님을 돌이키며
아닌 그 까닭을 찾게 된다.

내가 좋아하는 글 중에
하나가 불(不)이다.

불(不)은 부정적이며
좋지 않은 경우나 거부의 상황에 많이 쓰는
부정적 의미의 글이다.

그러나
항상, 나는 불(不)을 긍정적으로 생각하며

이 글에 항상, 나 자신을 돌이키며
매 순간, 불(不)을 되뇌며
나 스스로, 매 순간의 행을 점검하게 된다.

특별히 좋아하는 글들이 있어도
불(不), 이 글은
나에게 형체 없는 스승과도 같다.

나에게는
불(不), 이 글이 단순히, 사전에 있는
지식과 상식적인
수많은 글 중의 하나가 아니다.

형체는 없어도,
나에게 살아 있는 스승이며
항상, 무형의 큰 가르침으로 자각하게 하는
진리이기도 하다.

그러므로
항상, 불(不)을 사유하고 생각하며
불(不)을 가슴에 담아
뇌리에 새기며
생각과 삶의 하나하나에 이르기까지
나를 항상 바르게 서도록 지탱하게 하고
나를 다스리는 무형의 큰 스승이
바로 불(不)이다.

불(不),
아니면, 아니다.

나는,
불(不)을 외면하거나
변명하려거나
부정하려 하지 않는다.

왜냐면,
아닌 것은, 아니기 때문이다.

그러므로,
삶의 사유와 생각의 이음 속에
나, 스스로 불(不)을 생각해 본다.

불(不)은
곧, 나의 정신세계에는
내가 본, 모든 좋은 지혜의 가르침과
수많은 경전을 결합하여
그 이해하기 어려운 수많은 말과 뜻의 내용을
하나의 글자로 수용하여 만든 것이기 때문이다.

그러므로 나에게는
불(不)은, 곧, 하늘의 정신이며
우주가 흐르는 이치이며
지혜자의 승화된 정신의 결정체이다.

불(不)은
나에게 삶의 사유와 생각
나의 동(動)과 정(靜)의 그 일행(一行)이
행하기 전, 첫걸음 내딛는 그 순간
옳으냐를 묻는
피할 수 없는 자각의 물음이다.

불(不)은
나를 사유하게 하며
무엇이든 가볍게 행함을 자제하게 하며
넘치는 것을 절제하게 하며
순간을 놓치는 것을 방심하지 않게 하며
생각하지 못한 것을 생각하게 하며
생각한 바를 끊어지게 하며
행하지 못할 것이어도 행하게 하며
오르지 못함에도 오르게 하며
무엇이든 가능하게 하고
무엇이든 가려야 할 것을 일깨우며
순간의 흐름과 찰나를 놓지 않고 일깨우는
정신의 정의(正義)이며
깨어있는 정신을 요구하는 정명(正命)이며
나를 방심하거나, 내버려 두지 않는
나만의 도심(道心)이다.

불(不)의 세계는 무한하며
무한 상승과 승화의 정신을 일깨우는

심중(心中)의 혼(魂)이
살아 숨 쉬는 생명의 밝은 불꽃이다.

불(不)의
가치와 공덕과 은혜는 무한하며
이 생명과 함께
숨 쉬며 살아있는 정의(正義)의 불꽃 혼이 되어
매 순간, 나를 일깨워 살아있게 할
것이다.

18. 극복명상

마음을
허공처럼 텅 비운다.

비우며,
호흡을 천천히 가지런하게 한다.

날숨과
들숨을 깊게 하여 육체에 생기를 축적한다.

극복은
짊어진 짐이 아니다.

모두를
수용하는 우주의 바다가 되는 것이다.

극복은
생각이 아니다.

머리를 쉬고
마음을 텅 비워 무한 허공이게 하고

무한 우주를 생각하며
끝없는 무한 우주를 사유한다.

눈의 동공에 사념(思念)의 어둠이 없게 하고
머리에 옹졸한 어리석음을 없게 하며
가슴에 의지를 잃은 나약함을 없게 한다.

내가
새롭게 탄생하는 그것이 극복이다.

상황이나 상대를 이기는 것
그것이 극복이 아니다.

지금
나약하고 부족한 내 모습을 벗는 것
그것이 극복이다.

나를 새롭게 하는 탄생이
극복이다.

부족하고 옹졸한 생각에 차 있는
머리를 쉬며,
작은 마음 그릇에 가득 찬 어리석음의 티끌
마음을 비워

텅 빈 끝없는 무한 우주를 사유하며

무한 펼쳐진 우주 허공세계
광활한 끝없이 펼쳐진 우주에 서서히 떠오르는
장엄한 태양을 명확히 본다.

극복에 나약함이 없고
극복에 어리석음도 없다.

생각에
얽매지 말고 무한 우주를 사유하며
끝없이 펼쳐진 무한 생명의 우주를 사유한다.

그리고
새로운 의식으로 내가 탄생한다.

극복,
그것은 나의 새로운 창조며
새로운 탄생이다.

19. 궁극무한정신
(窮極無限精神)

궁극
무한정신을 위해 마음을 비우며
끝없이 무한 비워 나간다.

그리고
마음을 쉰다.

텅 빈 걸림 없는 내면
한 티끌 없이 정화(淨化)한다.

텅 빈
무한 끝없는 걸림 없는 허공이 된다.

순수 정화로
무한 빈 허공으로 끝없이 확장한다.

비고 빈
무한 끝없는 우주가 된다.

텅 빈, 우주
그대로 그렇게 살리라.

그렇게
빈, 무한 우주정신으로 살리라.

생각 속에는
순수의 아픔과 고통이 있다.

생각을 쉬고
그렇게 끝없는 순수, 빈 허공 우주가 되어
끝없는 우주, 빈 마음으로 살리라.

걸림 없는 텅 빈 허공 마음
텅 빈 무한 충만 순수를 오염시키지 않고
항상 밝게 깨어있으리라.

텅 빈, 지혜
무한 절대, 텅 빈 충만의 정의(正義)를 존중하며
무한 열린 정신으로 살리라.

무한 열린
텅 빈 지혜의 상승을 향하며
더없는 무한 충만의 지혜를 열리라.

세상을

두루 밝게 비추는 무한 텅 빈 밝음이 되어
텅 빈 충만 지혜의 밝은 허공이 되리라.

태양,
달, 별, 만물을 수용하는 지혜의 우주가 되고
고귀한 무한 정신, 텅 빈 향기를 발(發)하며
무한 허공 세상 두루 밝게 하는
불가사의 생명 지혜의 빛이 되어라.

끝없는 무한 충만
무한 텅 빈, 진리와 정의(正義)와 지혜 빛의
삶을 살리라.

이것이,
궁극무한정신(窮極無限精神)으로
나 자신을 이끎이다.

20. 약초(藥草)

1. 혀는 칼보다 무서운 도구다.
2. 혀는 선과 악을 창조한다.
3. 혀는 죄와 복의 길을 만든다.
4. 거친 말은 폭력이다.
5. 고운 말은 마음을 평안하게 한다.
6. 따뜻한 말 한마디에 가슴 저린 행복을 느낀다.
7. 따뜻한 말 한마디에 아픔과 상처가 치유된다.
8. 따뜻한 말 한마디에 맺힌 원한이 풀어진다.
9. 말 한마디 잘못하면 평생 후회한다.
10. 말 한마디에 평생 원수가 된다.
11. 한마디 말의 상처가 평생 간다.
12. 한마디 말에 자신의 품격이 다 드러난다.
13. 선과 악은 말이 씨앗이다.
14. 말에 행복과 불행의 씨앗이 들어 있다.
15. 모든 싸움의 시작은 한마디 말이다.
16. 모든 화해의 시작은 한마디 말이다.
17. 말이 경솔하면 사람이 가치가 없다.
18. 말보다 그 사람의 신뢰성을 봐야 한다.
19. 주관이 없으면 사람이 변덕스럽다.
20. 부정적 사고는 성격이 삐뚤어진다.

21. 사람이 옹졸하면 변명이 많다.
22. 탐욕이 많으면 얼굴이 맑지 못하다.
23. 언행을 보면 가깝고 멀리할 사람이 있다.
24. 정(情)은 베풀수록 풍성해진다.
25. 어리석은 자는 남 탓을 잘한다.
26. 칭찬이 즐거우면 자만해진다.
27. 생각이 흥망을 좌우한다.
28. 생각이 깊지 못하면 행동이 경솔해진다.
29. 생각이 간악하면 삶이 의롭지 못하다.
30. 마음이 착함과 현명함은 다르다.
31. 마음이 약하면 결단력이 부족하다.
32. 작은 마음 그릇에는 큰 것을 담을 수가 없다.
33. 마음 역량이 부족하면 부정적 사고를 한다.
34. 마음을 다스리지 않으면 사람의 품격이 없다.
35. 눈물도 진실과 교활한 눈물이 있다.
36. 작은 것을 집착하면 큰 부(富)를 이룰 수 없다.
37. 우유부단하면 때를 놓친다.
38. 목표가 없으면 삶의 의미가 없다.
39. 품격이 없으면 사람이 천해 보인다.
40. 성격이 급하면 후회할 일이 많다.
41. 현명하지 못하면 미래가 밝지 못하다.
42. 기백이 없으면 한 걸음도 전진을 못 한다.
43. 좋은 생각이 좋은 얼굴을 만든다.
44. 얼굴은 마음의 성품을 닮는다.
45. 꿈이 없으면 용기도 없다.
46. 반성이 없으면 자기 발전이 없다.

47. 시선이 산만하면 마음이 안정되지 못함이다.

48. 시야가 좁으면 큰 뜻을 가질 수가 없다.

49. 배움이 없으면 길을 알지 못한다.

50. 지혜가 없으면 자기 부족함을 모른다.

51. 자각하지 않으면 자기 허물을 모른다.

52. 귀가 부드러우면 뜻이 굳지 못함이다.

53. 남을 존중함이 품격이다.

54. 남을 배려하지 않음이 교만함이다.

55. 남을 공경함이 예(禮)이다.

56. 미움이 있으면 마음이 흐려진다.

57. 원망하는 자는 큰 그릇이 못 된다.

58. 결단력이 부족하면 뜻을 이룰 수 없다.

59. 방황은 뜻을 정하지 못했기 때문이다.

60. 생각이 많으면 근심을 벗어나지 못한다.

61. 걱정이 많으면 얼굴이 맑지 못하다.

62. 인색하면 누구나 멀리한다.

63. 작은 것에 얽매이면 큰 것을 놓친다.

64. 이기적이면 소인이 따로 없다.

65. 큰 것에만 얽매이면 소중함을 놓칠 수 있다.

66. 생각함이 평범하면 큰 재목이 못 된다.

67. 이상이 높으면 평범한 욕망을 버려야 한다.

68. 목적이 크면 극복의 용기도 커야 한다.

69. 높은 자는 삶의 외로움을 벗 삼아야 한다.

70. 큰일을 하려면 인간의 시련을 극복해야 한다.

71. 남을 위하려면 자기 욕심을 버려야 한다.

72. 남을 수용함에는 나의 모남을 버려야 한다.

73. 정 줄 곳이 없으면 삶이 외롭다.
74. 뜻을 세우려면 명확한 결단력이 있어야 한다.
75. 뜻을 세웠으면 물러남이 없어야 한다.
76. 남을 앞서려면 자신을 극복해야 한다.
77. 남을 시기함보다 자신이 특별해야 한다.
78. 남을 시샘하는 못난 옹졸함을 벗어나야 한다.
79. 남의 좋은 점은 존중하고 배워야 한다.
80. 남의 결점이 나에게도 있음을 알아야 한다.
81. 한 길을 가려면 두 마음이 없어야 한다.
82. 판단과 행동에도 옳고 그름을 살펴야 한다.
83. 대인이 되려면 도량이 넓어야 한다.
84. 큰 뜻을 품으면 의지가 대범해야 한다.
85. 평범을 벗고자 하면 사고가 특별해야 한다.
86. 삶을 값지게 하려면 장인정신이 있어야 한다.
87. 멋을 알려면 삶을 보는 철학이 있어야 한다.
88. 존경을 받으려면 덕을 베풀어야 한다.
89. 공경은 지극히 아름다운 모습이다.
90. 소중함을 알려면 인생 경험이 많아야 한다.
91. 행복에는 혼자가 아니다.
92. 보람은 일에 가치를 부여함이다.
93. 친구를 사귀려면 내가 힘이 되어줘야 한다.
94. 신뢰가 없으면 모두 떠난다.
95. 거짓은 거짓을 낳는다.
96. 성공하려면 때를 잘 간파해야 한다.
97. 인심을 잃으면 삶이 삭막하다.
98. 아름다움은 마음의 품격을 잃지 않음이다.

99. 자기 다스림 정도에 따라 인품이 드러난다.
100. 절제는 품격과 기품의 향기를 만든다.
101. 선(善)을 베풂에는 가족 같이 생각해야 한다.
102. 베풂이 없으면 사람이 따르지 않는다.
103. 게으르면 꿈을 가져도 꿈으로 끝난다.
104. 실천력이 부족하면 결실을 얻을 수 없다.
105. 자만함은 삶의 경험이 부족함이다.
106. 교만함이 있으면 자신의 허물을 모른다.
107. 의지가 굳으면 시련에도 흔들리지 않는다.
108. 망설임은 뜻이 굳지 못한 증거이다.
109. 분별없는 대담함은 미련함이다.
110. 남을 속이는 것은 죄가 된다.
111. 자신을 속이는 것은 악이다.
112. 선하면 선한 생각만 한다.
113. 교활하면 교활한 생각만 한다.
114. 현명하면 현명한 생각만 한다.
115. 어리석으면 어리석은 생각만 한다.
116. 생각을 버리지 못함이 집착이다.
117. 행동을 관두지 못함이 습관이다.
118. 생각이 깊지 않으면 일을 그르친다.
119. 앎이 부족하면 남의 것을 탐착한다.
120. 소심하면 큰일을 감당할 수가 없다.
121. 속단하면 결정적 실수를 낳을 수 있다.
122. 의지가 약하면 큰 재목이 못 된다.
123. 배신한 사람은 또 배신할 수도 있다.
124. 이익만 탐착하는 자는 믿을 것이 못 된다.

125. 의롭지 않으면 뜻을 같이하지 말아야 한다.

126. 현명함은 바른 선택에 있다.

127. 잘난체함이 어리석음임을 모른다.

128. 배움은 옳고 그름을 알게 한다.

129. 귀하고 천한 행동을 가릴 줄 알아야 한다.

130. 지혜가 있어야 귀하고 천함을 안다.

131. 언행에 그 사람의 깊이가 몽땅 드러난다.

132. 언행도 품격과 기품이 있어야 한다.

133. 내가 중요한 것이 아니라 가치가 중요하다

134. 행복한 삶은 사랑의 삶이다.

135. 어머니는 나를 낳고 길렀다.

136. 자식은 어머니의 은혜를 잊고 살아간다.

137. 어머니는 사계절 밤낮 자식을 잊지 않는다.

138. 어머니는 자식이 착하고 선한 삶을 살기를
    바란다.

139. 어머니는 자식을 위한 희생도 기쁨으로
    수용한다.

140. 어머니는 자식의 행복이 자신의 행복이다.

141. 어머니는 자식의 아픔이 자기의 아픔이다.

142. 어머님의 삶은 헌신의 사랑 길이다.

143. 사랑은 요구가 아니라 위하는 것이다.

144. 사랑은 최고의 이성(理性)이다.

145. 감사는 최고의 지성(知性)이다.

146. 감사함이 행복이다.

147. 행복은 사랑과 지혜의 세상이다.

148. 모든 해답은 자신에게 있다.

149. 삶은 생명의 축복이다.

150. 지구를 사랑해야 한다.

151. 자연의 은혜에 감사하는 삶을 살아야 한다.

152. 나도 자연의 생명 한 조각이다.

153. 삶의 최후는 지구의 흙으로 돌아간다.

154. 삶은 사랑이며 사랑 삶이 행복이다.

155. 완전한 사랑은 티끌이 없다.

156. 사랑에는 둘이 없다.

157. 사랑은 삶의 의미이다.

158. 삶의 꿈은 사랑에 있다.

159. 사랑에도 의무와 책임이 있다.

160. 사랑에도 절제의 지혜가 필요하다.

161. 삶은 되돌아갈 수 없는 꿈과 같다.

162. 삶은 꿈 같이 지나간다.

163. 삶은 우주가 준 축복의 선물이다.

164. 삶은 사랑 길이다.

165. 삶은 감사다.

3장
사유(思惟)의 향기

1. 달 항아리

으깨고,

함부로 짓밟고,

몽둥이로 때리고,

내 자아
존재가 망가져도 거부할 수 없는 순응,

그렇게
순응하며 거부하지 않는, 가슴 아픈 이유가 있다.

나를,
아무렇게나 으깨도 당연하기 때문이다.

나를
함부로 짓밟아도 너무나 당연하기 때문이다.

나를 그렇게
몽둥이로 사정없이 몸이 가루가 되도록 때려도

오직, 순응뿐 당연하다.

내 몸과 정신에
순수하지 않은, 오염된 잡물이 있기 때문이다.

나를 으깰수록
나에게 잡물이 빠진다면 순응해야 한다.

나를 으깰수록
무한 순수해진다면 끝없이 순응해야 한다.

나를 짓밟을수록
오염된 잡물이 빠진다면, 오직, 순응해야 한다.

몽둥이로 때릴수록
티 없어진다면, 무한 순응해야 한다.

나는
참고 있는 것이 아니다.

자아가 부서지는
무진 고통과 아픔이 나에게는 무한 법열이며
기쁨이다.

참는 것
그것은 순응이 아니다.

당연한 것에는
오직 순응뿐, 참음이 없다.

이대로
나의 목숨이 끝이어도, 무한 순응뿐이다.

그것이,
너무나 지극히 당연하기 때문이다.

그래서라도
나에게 잡물이 빠진다면, 그것을 피할 수 없다.

으깨고,
짓밟으며,
때리고, 그렇게 하면 나도 순수해질 수 있을까?!

오직,
내 자아를 내어놓고, 그냥 맡기며 순응할 뿐이다.

천 년,
만 년, 억겁의 잡물이 빠진다면 순응할 뿐이다.

그래서
순응은 아름다운 것이다.

순응은

못난 자가 아니다.

지혜가 있어야
순응의 참모습이 무엇인지 눈을 뜨게 된다.

생각이 부족하고
어리석으면 순응할 수가 없다.

왜냐면
마음속에는, 아직 어리석음인 줄 모르는
자기 잘남이 있기 때문이다.

어리석으면
자신 못남을 감추고자 교묘히 변명을 한다.

지혜로울수록
자신의 깊은 곳 허물만 보인다.

그렇기에
으깨고 짓밟고 때려도 당연하다.

잡물이 빠지면
본연의 모습이 드러나 내가 순해진다.

지극한
깊은 무한 순응의 결과이다.

순해진
무한 순응을 따라 항아리 형태를 만든다.

항아리
모양 갖추어지니 그 모습이 소박하다.

초벌
뜨거운 불길에 몸을 던지니 잡념이 사라진다.

유약 단장에
다시 태어날 내 모습이 아련하다.

맹렬한
최후의 불길에 나의 결정체가 결정된다.

최후 고도의
불길을 견디지 못하면 내 존재가 사라진다.

나의 결정체는
맹렬한 불길에 지극히 무한 순응함에 달렸다.

아직,
잡물이 있으면 불길에 내 존재가 사라질 것이다.

잡물이 없으면
고도의 불길에도 무념무상으로 초연할 것이다.

마지막
궁극으로 치솟는 불길이 나를 달군다.

오직,
지극한 순응뿐이다.

불길에
나의 자아 모든 티끌이 다 타버리길 염원한다.

긴 시련
무한 순응의 시간이 흐르고 있다.

혼(魂), 알갱이까지
남김없이 다 내어줘야만 견딜 수 있다.

혼(魂)까지 텅 비니
무서운 불길이 자아의 남은 알갱이까지 태워버려
시원한 청량함이 벅차오른다.

드디어
맹렬한 불길은 꺼졌다.

어둠 속에
침묵의 시간이 계속 흐른다.

드디어

어둠을 터고 밖으로 나왔다.

무한
순응 속에 나를 버렸다.

불길 속에
마지막 남은 상념, 혼 알갱이까지 태워버렸다.

나는
비어 있을 뿐이다.

흰,
초연한 모습으로 비어 있을 뿐이다.

사람들이
넋을 놓고 한참이나 바라보며 있다.

모두 여기까지 순응의 과정을 모르는
사람들이다.

초연한 모습에
멍하니 모두 넋이 빠졌다.

초연할 수밖에 없는 것은
자아의 남은 혼(魂), 알갱이까지 태워버린
지극한 무한 순응의 결과이다.

초연한 모습만 좋아할 뿐
깊은 순응의 지혜를 모르는 사람들이다.

넋 놓아 좋으면
넋 놓아 순응하면 될 것을
자기 달 항아리는 팽개치고 넋 놓아 보고 있다.

못남을
버리지 못해 순응을 모르는 사람들
그것을 터득해야, 달 항아리와 이심전심이다.

순응은
둘 없는 길이다.

사랑은
입으로, 말로 하는 것이 아니다.

마음에 둘 없음이
순응이다.

그 무한 순응이
달 항아리 되니 모두 넋이 빠졌다.

모두
멍하니 넋이 빠져 둘이 아니다.

넋 빠진 모습이
무한 순응의 달 항아리를 닮았다.

자아 없는
불이(不二) 모습이 달 항아리다.

너 나
둘이면 자아가 있다.

자아 없으면
너 나 없어 불이(不二)이다.

둘은 아픔이다.

둘이 없으면
그 아픔이 모두 내 아픔이다.

사랑은
둘이 아니다.

사랑은
무한 초월이다.

초월 아니면
사랑을 더 배워야 한다.

사랑을 깨우치면
그 이름이 무한 초월이다.

자아 없으면 초연하다.

그것이
달 항아리 모습이다.

그것은
무한 순응이며, 티 없는 순수이다.

그래서
순수,
티 없는 달을 닮았다.

2. 마음

마음이 무엇일까?

우리는
마음을 항상 쓰고 있으면서도
마음이 무엇인지를 모르고 있다.

마음이
어떻게 생겼으며
어떤 성질의 것이며
무엇으로 이루어져 있는지 모른다.

항상,
마음을 쓰고 있으면서도
마음이 무엇인지 돌이켜 보지를 않았으므로
마음에 대해 궁금해하지를 않으므로
마음에 대해 아는 것이 없다.

보이지 않는 이 마음을 깨닫기 위해
한평생 수행의 길을 가는 사람들도 있다.

마음을 깨닫고자
한 생명의 삶을 바치는 것은
마음을 안다는 것이
그만큼 마음이 소중하기 때문이다.

마음은
보이지 않아도 곧, 자기 자신이기에
마음의 평안과 기쁨과 행복을 위해
삶을 추구하며, 마음의 만족을 도모하고자
끊임없이 노력하고 있다.

그런데,
마음은 가만히 있지를 않다.

마음은
한순간도 무엇이든 머무름이 없어
끊임없이 움직이며
가만히 있지 못하는 것이 마음이기도 하다.

그러므로,
이것이 마음이라고 일컬을 수도 없고
끊임없이 요동하니
마음이 어떻다고 종잡을 수가 없다.

마음이,
무슨 색깔이 있는 것도 아니고

어떤 형태가 있는 것도 아니며
고정해 어디에 머물러 있는 것도 아니니
생각하면 알 수 없는 것이 마음이다.

마음은
이랬다저랬다 변덕스럽기도 하고
좋아했다, 싫어했다, 끊임없이 반복하며
조그마한 트집에 싫증을 빨리 내기도 하니
도대체 종잡을 수 없는 것이 마음이다.

그러나
마음을 잘 쓰면 좋은 사람이 되기도 하고
마음을 잘못 쓰면 나쁜 사람이 되기도 하며,
좋은 마음을 쓰면 사람들이 좋아하고
나쁜 마음을 쓰면 사람들이 미워한다.

좋은 마음도 마음이고
나쁜 마음도 마음이고
좋아하는 것도 마음이고
싫어하는 것도 마음이니

마음을 잘 쓰면
좋은 사람도 되고, 소중한 사람이 되기도 한다.

마음을 잘못 쓰면
도둑이 되기도 하고, 잡것이 되기도 하며

자기의 삶을 망치기도 하고
세상을 혼란스럽게 어지럽히기도 한다.

마음을 잘 굴리면
마음도 평안하고, 삶도 평안하며
인생도 즐겁고, 사람들이 모두 좋아 따르고
품격있는 인격의 소유자가 된다.

마음을 이렇게 하면, 이런 사람이 되고
마음을 저렇게 하면, 저런 사람이 되며
마음을 고귀하게 쓰면, 고귀한 사람이 되고
마음을 천하게 쓰면, 천한 사람이 된다.

마음을 잘 쓰면
좋은 사람이 되는 것은 알아도
그렇게 마음을 쓰지 않는 것은
마음을 사용함이 자신도 모르게 습관이 되어
깊이 생각하지 않고 습관대로 하기 때문이다.

마음 씀도 익숙한 것에는 어려움이 없으나
익숙하지 않은 마음 씀의 것에는
마음을 쓰는 것도 노력과 단련이 필요하다.

좋고 나쁨을 떠나
무엇이든 어떤 것에 끌리며,
하고자 하는 익숙한 그것이 습관이며

이미 길들어 있는 익숙한 마음 씀이다.

사람이 고품격이며
하는 행동이 누구보다 돋보이고
보통의 마음가짐으로는 하기 어려운 그것이
마음을 잘 다스려 습관화한 자기 가치이다.

사람이
잘나서 잘난 사람이 되는 것은 아니다.

마음을 잘 쓰면
못난 사람도 세상에 잘난 사람이 되고,
마음을 잘못 쓰면
잘난 사람도 세상에 못난 사람이 된다.

마음 씀에 따라 그 사람을 평가하게 되고
그 사람이 하는 행동 양식을 따라
그 사람 삶의 습관을 인식하게 된다.

마음을 잘 다스려, 길을 잘 들인 사람은
어디에 있으나 칭송을 받고
마음을 함부로 하여 길들이지 않은 사람은
어디에 있으나 그 못남이 드러난다.

그 사람의
가치와 인격은 마음 씀에 달렸으니

마음 씀을 귀하게 쓰면 귀한 사람이 되고
마음 씀이 천하면 천한 사람이 된다.

마음을 잘 쓰면 그 사람이 세상의 보물이며
마음을 잘못 쓰면 세상에 필요 없는 사람이 된다.

자기 마음을 어떻게 쓰든
그것은 자신의 마음이니 자기 뜻대로 할지라도
모든 사람이 그 마음 씀을 인식하여
그 사람을 평가하게 되고
좋은 마음은 좋은 사람이라 좋아하고
나쁜 마음은 나쁜 사람이라 모두가 싫어한다.

세상사
제일 귀한 것 중에
마음이 보물이라 하여도
보물을 소중하게 생각하고 잘 관리한 사람은
그 사람이 세상의 보물이고,
보물이라도 천하게 관리하여 함부로 한 사람은
어디를 가나 그 사람은
세상에 필요 없는 천덕꾸러기가 된다.

마음을 잘 쓰면
세상 속에 아름다운
꽃 마음도 되고, 향기 마음도 되고

마음을 잘못 쓰면
누구나 멀리하고 싫어하는
미움을 받는다.

더욱
측은한 것은
세상에서 소중한 보물을 지니고도
어리석고 부족함이 많아
그것을 깨닫지 못하고 있음이다.

장미는 장미꽃 향기가 있고
들국화는 들국화 꽃향기가 있다.

향기 없는 꽃은
사람이 아닌
벌과 나비도 가까이하지를 않는다.

3. 삶의 이유

삶을 살며
삶을 열심히 살려고만 하지
삶의 이유에 대해 생각하기는 쉽지 않다.

삶의 이유를 생각하려면
삶의 이유를 되돌려 생각하는
삶의 까닭을 사유해보아야 하기 때문이다.

각자
삶의 이유, 그 사정은 모두가 다르다.

그러나
삶의 근원적 이유는 다르지 않다.

그것은
존재하기 때문이 아니라
존재의 의미에 삶의 이유가 있다.

존재해 있어도
존재의 의미를 상실하면

삶과 존재 그 자체를 포기하는 경우도 있다.

**삶의
이유는 정(情)이다.**

삶과 존재를 포기하려 해도
마지막 정리는 정(情)의 문제가 남는다.

정(情)은
자신의 존재와 삶을 부여잡고 있는
근원적 힘이다.

그 정(情)이
개인적인 것이든, 사회적인 것이든
가족이나 사람의 관계이든
꼭 이루어야 할 꿈이든
그 정(情)은
자신의 삶을 부여잡고 있는 유일한 힘이며
삶의 버팀목, 이유이다.

정(情)은
그만큼 중요한 삶의 생명력이므로
삶을 살아있게 하고
삶을 살게 하며
삶의 꿈을 가지게 하고
무의미한 삶에 의미를 부여하며

방향 없는 삶에 희망의 길을 열어주고
숱한 시련에 극복의 끈기와 강인함을 주는
그 힘의 원동력이 정(情)이다.

정(情)이 없으면
마음도 삶도 존재도 삭막하며
존재하여도 삶의 의미와 가치가 없다.

존재의 의미는
존재해 있는 것에 있음이 아니라
존재의 의미를 느끼는 역할에
존재의 의미와 가치가 있다.

이 뜻은
존재의 역할이 없으면
존재의 의미와 가치가 없다는 뜻이다.

먼 하늘의 별과
허공에 떠 있는 구름과
흐르는 물과
산에 무심히 있는 나무 한 그루도
자신 존재의 의미와 가치의 역할을 다하고 있다.

무정물(無情物)이라도
순수 자연성을 지니고 있으므로
자신의 존재를

자연 대 우주운행의 역할에 적극적으로 동참하며
자신의 존재를 아낌없이 환원하고 있다.

이 또한,
서로 의지한 대자연의 관계 속에 이루어지는
지극한 정(情)의 역할이다.

자신의
삶의 의미를 둔 정(情)의 역할을 잃으면
삶과 존재에 의미를 상실하므로
삶과 존재 의미의 역할을 하게 하는
그 원동력이 바로 정(情)이다.

자연과 우주 만물의 존재도
정(情)의 성품으로 동화된 하나의 역할
적극적인 교류가 이루어지니
인간의 시각으로 그것을 인식하지 못할 뿐
인간의 능력과 한계를 초월한
지극한 상도(上道)의 정(情)을 행한다.

그 지극한 정(情)의 역할 가치 때문에
물 한 모금에 우리도 생명을 의지하고 있다.

정(情)은
인간만 지니고 있는 것이 아니다.

사람이 인식하는 정(情)은 인위적인 것이지만
자연의 정(情)은 인위적인 정(情)을 초월한
지극한 무위(無爲)의 최상정(最上情)을 행한다.

**무위(無爲)의 최상정(最上情)은
인간 정(情)의 한계를 벗어났으며
이 우주의 만물이
무위의 최상정(最上情)의 법리 속에 하나가 되어
운행하고 있다.**

인간이 만물의 영장이라고 하나
인간 전체가 평화와 행복으로 하나 되지 못함은
지극한 무위(無爲)의 최상정(最上情)에 까지
이르지 못했기 때문이다.

이 우주 자연은
정(情)을 지니고 있지 않다고 생각하는
사람도 있다.

사람의 근원이 이 우주의 자연이니
이 우주의 자연이
마음이나 정(情)을 갖고 있지 않다면
마음이나 정(情)을 가진 생명이 태어날 수가
없다.

태어나는 근원에 그 성질의 속성이 없으면

그로부터 창조되는 개체에도
그 속성의 성품이 존재할 수가 없다.

사람이 인식하는 정(情)은
순일함이 없어 잡되어 한결같지 않고
자신의 이익과 감정에 따라 급격히 변화하며
물과 불처럼 달라지니
그것은 감정일 뿐 정(情)에 속하지도 않는다.

정(情)은 만물이 서로 통하는
순수하고 순일하며 한결같이 변함없는 성품이니
순수 무위(無爲)의 최상정(最上情)
이를 벗어나면 욕심이나 자기감정에 이끌린
생각의 상념(想念)일 뿐이다.

그런 순수성을 잃은 정(情)으로는
이 거대한 자연의 우주운행을 할 수가 없다.

순수성을 잃은 정(情)은 항상 분별심으로
정(情)이 혼탁해지고
이러저러한 잡생각에 오염되어 물이 들며
자신과 남에게도 해로운 성질을 가져
서로 순수 하나로 동화될 수 없는 한계성을
지니고 있다.

정(情)은

순수하며 때 묻음 없는 둘 없는 성품이다.

순수 정(情)은
인위적이 아닌 자연성(自然性)이므로,
일으키므로 생기고
일으키지 않으면 없는 그러한 것이 아니다.

마음의 작용에 따라
일어나고 일어나지 않는 그것은 정(情)이 아니라
개인적 감정이다.

정(情)은
일어나거나 사라지는 감정보다 더 순수하며
때 묻음이 없는 순수 본래의 성품이다.

그러므로
정(情)은 일체 어떤 때 묻음도 없는
지극한 무한 순일성을 지니고 있다.

이,
정(情)의 순일성에 들려면
개인적 욕망과 이익과 분별심을 벗어나야 한다.

그러므로
어떤 상황에도 둘 없는
완전한 정(情)에 이르게 된다.

정(情)은 분리되지 않는다.

사람이든, 물이든, 꽃이든
태양이든, 별이든, 그 어떤 자연이든
분리 없는 하나가 되게 한다.

이것이
정(情)의 특성이다.

정(情)은
모든 개체의 벽을 허물어 하나 되게 한다.

인간의
개인 감정적 정(情)에서
더 상승한 정신의 지극한 순일성에 들어
모든 차별의 벽을 허물은 순수의 성품
무위(無爲)의 최상정(最上情)에 이르기까지
정(情)의 순일 상승차원이 있다.

그러므로,
정(情)이 지극하면
모든 차별 개체 의식의 벽이 허물어져
일체 분리의식을 초월하게 한다.

일체를 초월한 순수의 정(情)으로
이 우주 만물이 하나 된 운행의 조화를 이루어

온전한 순수 하나의 우주작용이 이루어진다.

일체
벽을 허물은 이 초월의 정(情)은
우주 에너지의 근원이 되어
사람도 태어나게 하고
만물도 태어나게 하는 생명이며, 원동력이다.

생명,
그 자체가 곧, 순수 정(情)의 근원이며
무위(無爲)의 최상정(最上情)으로
생명 근원의 작용을 함이니
그것이 곧, 순수 생명의 정(情)인 사랑이다.

정(情)인 사랑은
개체의 모든 벽을 허물어 하나이게 하고
분리된 어떤 차별 생각과 개체 의식이 있어도
정(情)과 사랑의 지극한 힘이
모든 문제점을 제거하여 하나가 되게 하는
생명 근원의 힘을 발휘한다.

그 까닭은
정(情)과 사랑은 생명의 힘이며
존재 근원의 힘이며
순수 생명 그 자체의 작용이기 때문이다.

생명과 정(情)과 사랑은
단지, 작용에 따라 이름을 달리했을 뿐
서로 다른 것이 아니다.

생명과 정(情)과 사랑이
다르다고 생각하는 그것은
아직, 정신이 깊이 깨어나지 못한 분별심이다.

정신이 깨어나면
생명, 그 자체가 곧, 정(情)이며, 사랑이다.

**생명 성품이
곧, 정(情)의 성품이며 사랑의 성품이다.**

그 순수 성품이
존재의 생명작용을 할 때는 생명이라고 하며

순수 진실한 가슴으로 수용하는
지극한 순수 마음이면 정(情)이라고 하며

관계 속에서 이루어지는
하나 되는 결속 불이(不二)를 사랑이라고 한다.

물과 얼음과 이슬과 눈과 서리가
물의 한 조화(造化)의 모습이어도
현상의 조화를 따라 드러나는 모습이 달라

단지, 이름을 달리한 것일 뿐
그 근원의 본성이 다르지 않듯

생명과 정(情)과 사랑이
서로 그 근원이 차별 없는 한 성품일 뿐
서로 다른 것이 아니다.

삶의 이유
그 근원의 뿌리를 살펴보면 정(情)이며
정(情) 속에 삶의 의미와 가치가 들어 있다.

정(情)에는
생명과 사랑의 의미와 가치가 함께 하며
그 작용이 삶을 눈뜨게 하고 의미를 갖게 하며
생명의 가치를 부여한다.

정(情)은
삶의 유일한 생명력을 갖게 하는 근원적 힘이며,
나의 존재와 삶을 살아있게 하는
원동력이다.

아름다운 삶은 진실한 정(情)의 삶이며
아름다운 행동은 따뜻한 정(情)의 행동이며
아름다운 말씨는 위하는 정(情)의 말씨이며
아름다운 눈빛은 사랑 담은 정(情)의 눈빛이며
아름다운 미소는 소박한 정(情)의 미소이다.

정(情)은
인간관계를 아름답게 하고
삶의 용기를 북돋우며
생명의 삶에 희망을 갖게 한다.

정(情)은
마음을 아름답게 하는 꽃이며
관계를 아름답게 하는 생명이며
마음과 삶을 풍요롭게 하는
도(道)이다.

4. 몽돌

바다
오랜 세월 파도에 서로 모남이 부딪혀
하나같이 둥글어진 몽돌,

하루 이틀의 시간도 아니고
일 년, 이 년의 세월도 아니며
저렇게 서로 모남이 부딪혀 둥글어지는 세월이
몇백, 몇천 년의 세월이 흘렀는지도 모를 세월

서로 모남 끼리 부딪히고 부서지며
그 속에
서로 모남을 다스리고 일깨우며
하나같이 둥글어진 몽돌,

사람도 각자 성품이 다르고
성품 따라 개성이 달라 모남이 있어도
세상 삶의 물결에 휩쓸리고 부딪히다 보면
자기의 모남이 둥글어져
개성이 다른 모난 사람도 수용하게 되고
화합하지 못할 사람까지도 화합하게 된다.

모남은 부딪히면 부딪힐수록
모남은 부서져 둥글게 되는 것은
모남을 간직한 채 그 모습으로 그 환경에서
존재할 수가 없기 때문이다.

모남은
어떤 상황이든 서로 화합하지 못하는
단점이 있어
서로 어우름의 상황에서는
모남을 좋아하는 사람은 없다.

모남이 자기 개성이라 하여도
어우름 속에 더불어 살아가는 세상에는
모남이 상대에게 아픔과 상처를 줄 수도 있다.

모남 없이
둥글다고 자기 개성이 없는 것은 아니다.

몽돌 중에도
흑색, 흰색, 노란색, 파란색, 붉은색 등
여러 색깔과 여러 무늬를 가진 돌들이 있다.

그중에는
옥돌도 있으며
금색을 띄는 돌들도 있다.

모남에 부딪혀
아픔과 상처를 받아 아픔과 상처가 깊으면
그 아픔을 통해 어느새 자신도 둥글어져 있다.

모남에 부딪혀 아픔을 겪으며
자신도 남에게 아픔을 준
모남이 있었는가를 생각하기 때문이다.

몽돌이 둥글어진 긴 세월이 아니어도
나이가 들다 보면
삶의 여러 경험과 아픔과 상처가 많아
모남이 무디어지고
상처받음이 가슴에 남아 있어

자신의 모남으로
남에게 아픔과 상처를 주지 않으려는
노력의 시선은

많은
세월의 파도에 부딪혀
둥글어진 바닷가 숱한 몽돌 중에
자신이
어느 한 몽돌을 닮았음을 느끼게 된다.

몽돌 중에는
가슴이 움푹 패거나

중앙이 뻥 뚫려 가슴이 사라진 몽돌도 있다.

몽돌이 어떻게 생겼든
그 까닭을 헤아려도 알 수 없으나
바라보는 자의 눈빛에는
그 다양한 몽돌의 모습 가운데
우연히
자신을 닮아 있는 모습을 발견하게 되고
그 몽돌의 모습에서 자화상을 느끼게 한다.

삶을 어떻게 살았든
아픔 없는 삶이 없고,

지금
기쁨이 가득하고 행복하여도
그것에 감사하고 소중함을 느끼는 것은
가슴 속 아픔의 상처가 있었기에
더욱 소중함을 느끼는 것이다.

소중함을 모르는 기쁨과 행복은
곧, 잃을 수도 있고 사라질 수도 있음은
소중하고 감사함을 모르면
그 소중함을 지키려는 노력이 없기 때문이다.

모든
기쁨과 행복의 상황은 노력의 결과이며

어떤 기쁨과 행복의 상태이어도
그 감사함을 지키려는 노력이 없으면
물거품처럼 곧, 무너지고 사라지게 된다.

무엇이든
항상 한다는 그 생각은
아직 삶의 경험이 부족한 생각이다.

무엇이든
노력한 만큼 성장하고
주어진 작은 행복에도 감사하며 노력하므로
행복을 수용하는 깊이도 더욱 달라지며
행복도 더욱 성장하고 발전하게 된다.

무엇이든
소중함을 모르면
소중한 것과의 인연이 멀어진다.

그것은
당연한 섭리이며, 인과의 원리이다.

서로
소중함을 가슴으로 수용하고
자신의 모남을 다스리어 둥글어지며
모남으로 상대를 아프게 하지 않으므로
상처를 주지 않는 아름다움을 유지하게 된다.

그 아름다운
조화의 모습을 몽돌에서 느끼며

자신의 모남을
그 숱한 시간의 세월 속에
쉼 없이 못난 모남을 깎고 다듬어
모남 없는 모습을 드러내는
그 아름다움을 바라보는 시선에는
삶의 깊은 도(道)를 느끼게 한다.

자신의 모남을 깎고 다듬는
그 아픔이 세월 속에 왜 없었겠느냐마는
세월 속에 삶이 무엇인가를 깨달아
그렇게 하지 않으면 자신도 불행이며
남에게 아픔과 상처를 주게 됨을
깊이 자각함에 의함이다.

굳어진 모남의 성격이
하루 이틀 노력으로 사라지는 것이 아니니
긴 시간의 세월, 밤과 낮의 파도 속에 쉼 없이
자신의 모남을 깎고 다듬어
수 없는 세월에 노력한 열정의 결정체
아름다운 몽돌의 모습, 작품을 보는 사유와
감회가 남다르다.

숱한
세월 속에 깎고 다듬어진
아름다운
그 모습을 보는 자의 시선에는

잔상에 남는
지난 세월의 삶에 대해
많은 것을 사유하게 한다.

5. 바위를 뚫는 물방울

물방울이
계속 떨어져 단단한 바위에 움푹 홈이 파이고
바위도 뚫는다.

삶에는
상황에 따라 약삭빠른 것이 이로울 때도 있다.

그러나
약삭빠른 것으로 되지 않는 것도 있다.

삶의 길에
뜻이 분명하고 명확하며
꼭 이루어야 할 것이 있다면
과녁을 향하는 화살처럼 초점을 놓지 않고
불길 같은 열정과 의지를 더 하며
미련한 곰처럼 한눈팔지 않고 나아가야 한다.

사소한 남의 충고나 이러저러한 말에
의지가 흔들리거나 꺾인다면
그것은 자기 뜻과 의지가 명확하지 못함이다.

의지의 길에 어떤 상황에는
정신을 모으고 불같은 열정의 의지를 다 해도
난관을 타계하거나
결과를 이루기가 쉽지 않을 때도 있다.

만약, 최선을 다할 때는
한 곳에 홀린 듯 몰입하여 바위를 뚫는
물방울의 정신과 기질을 가져야 한다.

무엇이든
평범하면 평범한 가치를 가질 뿐
평범을 벗어난 특별한 가치를 가질 수가 없다.

똑똑 떨어지는 물방울이
바위를 뚫는 것은
보통 평범한 정신과 의지를 가진 사람에게는
배울 수 없는 무한 가치의 교훈이 될 수도 있다.

바위를 뚫는
물방울의 정신과 의지와 열정이 있다면
무엇인들 이룰 수 있는
평범함을 벗어난 특별한 자질을 갖추었다.

바위를 뚫는 물방울을 보며
어떻게 인식하고 받아들이느냐는 것은
사람에 따라 다를 수가 있다.

그러나 그 자체가
곧, 자신을 일깨우는 살아있는 교훈이나
바른 안목을 여는 충격으로 받아들여진다면
그 가치는 무한할 것이다.

평범함 속에도
생각이 바뀌어야 안목이 달라지고
의식이 진화해야 정신의 차원이 높아지며
의지가 명확할수록 무엇이든 할 수가 있다.

생각이 많은 것은
목적의 초점이 명확하지 않기 때문이다.

목적의 초점이 분명해도 생각이 많은 것은
길을 명확히 알지 못하기 때문이다.

길을 명확히 알아도 생각이 많은 것은
의지가 약해 망설임이 있기 때문이다.

의지가 강해도 생각이 많은 것은
상황을 뚫을 자신의 자질이 부족하거나
어떤 이유로 결과에 대해 명확하고 확고한
자신의 믿음이 부족한 망설임 때문이다.

중요한 것은
그만한 가치가 있느냐와

자신이 꼭 가야 할 길이냐가 중요할 뿐이다.

삶의 가치가 그것에 있고
내가 가야 할 길이 분명할수록
분별심이 끊어져 마음이 맑고 한결같아진다.

삶의 길은
깊이 생각하고
무엇이든 옳고 그름을 사유하며
명확한 판단으로 결정하고
꿈을 품고 의지를 더 하며 열정으로 노력하고
그 속에 삶을 배우고 터득하며 역량을 기르고
삶의 기쁨과 고뇌와 시련 속에도
삶의 의미와 가치를 부여하며 추구하고
꿈을 향해 노력하는 길이다.

봄은 기다리지 않아도
겨울이 지나면 새잎이 돋아나 꽃이 필 것이며

물방울이 그 힘이 미약해도
시간이 흐르면
바위를 뚫는 물방울의 기적을 볼 것이다.

이는
원인을 따라 결과가 있음은
당연한 일이다.

6. 바람개비

바람개비는
바람이 불면 신명나게 돈다.

바람의 세기에 따라
바람개비가 도는 속도가 다르다.

그러다
바람이 불지 않으면
바람개비는 돌지 못하고 가만히 있다.

무엇이든
신명이 있어야
바람에 도는 바람개비처럼 신이 난다.

신(神)이 나지 않으면
바람 없는 바람개비처럼
삶과 존재의 의미가 퇴색하여
삶의 흥이 사라진다.

바람개비가 바람에 돌 듯

삶은 신명이 있어야
흥의 삶이 이루어진다.

바람개비는 바람이 불지 않으면
돌고 싶어도 돌지 못한다.

신명과 흥도
상황과 더불어 어우름이 있어야
신명이 더하고 흥이 더하게 된다.

신명(神明)의
신(神)은 마음의 지극한 밝음을
신(神)이라 하며,
명(明)은 마음의 기쁨이 가득한 것을
명(明)이라 한다.

신명(神明)은
마음 광명의 기쁨이 충만함을
신명(神明)이라고 한다.

흥(興)은
신명(神明)의 감흥(感興)이니
흥겨움에 동화되어 의식이 승화함이다.

신명(神明)은
마음에서 솟구쳐 일어나는 밝음의 기쁨이며

흥(興)은
마음에서 일어나는 기쁨에 동화된
의식의 승화이다.

그러므로
신명(神明)이 일어나지 않으면
흥(興)이 일어나지 않으며,
흥(興)이 일어남은
마음에서 신명(神明)이 솟구치기 때문이다.

마음의 바람개비는
흥(興)이며,
마음의 바람개비를 돌리는 바람은
마음에서 솟구치는 신명(神明)이다.

바람이 불면 바람개비가 돌며
바람이 불지 않으면 바람개비도 멈춤이니
바람과 바람개비가 항상
동(動)과 정(靜)을 같이하듯
신명(神明)과 흥(興)은 항상 같이한다.

신명(神明)과 흥(興)이
상황과 더불어 어우름 속에 일어날 수 있으나
그러하지 못하면
삶의 가치와 행복을 위해
스스로 신명(神明)과 흥(興)을 일으키는

바람이 되도록 노력해야 한다.

바람이 불지 않는다고
바람개비는 가만히 있어도
자신 삶을 위해 신명(神明)과 흥(興)의 바람을
일으키도록 스스로 노력하여
마음에서 솟구쳐 일어나는 밝음의 기쁨과
기쁨에 동화된 의식의 승화가 있도록
노력해야 한다.

왜냐면
그 자체가 곧, 자신의 행복을 추구함이기
때문이다.

자신의 삶은
자기 삶의 길이며
자신의 행복은 노력하지 않아도
외부에 어떤 상황이나
또는, 누가 행복을 안겨주는 것이 아니다.

자신의 행복 바람개비는
자기의 신명과 흥의 바람으로
신명나게 돌아가도록 노력해야 한다.

자신 행복의 바람개비가 바람이 없어 멈추어도
누가 자신의 행복 바람개비가 돌아가도록

해주기를 막연히 기다릴 것이 아니다.

자신의 행복 바람개비는
자기의 의지로 끊임없이 노력한
신명의 바람으로 돌아가도록 해야 한다.

바람개비를 돌리기 위해
바람 부는 산과 들과 언덕을 찾아 헤매고
동과 서의 바람 따라 끊임없이 노력한 그 시간이
바람개비가 멈춤 없이 돌아간 것임을
시간이 한참 지난 후에 깨닫게 된다.

바람은
지금 살아 있음이 바람이며
꿈을 위해 노력함이 바람개비가 돌아감임을
깨닫기 때문이다.

지금
이 순간을 감사와 기쁨으로 수용할 수 없다면
행복을 구할 수가 없다.

삶은 오직
촉각이 살아 있는 찰나이니
행복을 성취한 뒤에 돌아가는 바람개비는
내일의 바람개비일 뿐이다.

살아있는
촉각의 감사와 기쁨을 모르면
꿈을 향한 내일의 바람개비만 생각하므로
촉각이 살아 있는 지금의 바람개비는
항상 멈추어 있다.

촉각이 바람이며
촉각에 감사와 기쁨이 행복이며
꿈을 가진 그것이 신명(神明)이며
무한을 향한 의지가 흥(興)이다.

그 신명(神明)과 흥(興)이 쌓여
정신이 깨어난 무한 무궁에 이르면
행복의 바람개비는 쉼 없이 돌고 있었음을
깨닫게 된다.

바람개비는
존재에 대한 무한 감사와 행복이다.

존재의
무한 감사와 행복이
신명(神明)이며, 흥(興)의 삶이니
이를 벗어나, 또 다른 행복을 추구한다면
지금 존재의 행복을 잊고 있음이다.

은혜와
감사의 순수의식이 깨어나지 못하면
행복을 찾아
온 우주를 헤매어도 찾거나 구할 수가 없다.

찾고 구하는 취사(取捨) 속에는
만족을 모르는 욕구만 항상 살아 있을 뿐
만족과 행복이 없기 때문이다.

부족한 의식이 깨어나면
행복은 취사(取捨) 속에 있음이 아님을
깨닫게 된다.

행복은 순수의식 속에
모든 은혜에 감사가 깊어질수록
행복이 그곳에 있었음을 깨닫게 된다.

본래 행복이며
축복이며
기쁨이며
신명(神明)과 흥(興)의 바람이 멈춤이 없어
행복의 바람개비 속에 태어나고
신명과 흥의 바람개비 속에 살고 있음을
순수의식이 열리면 깨닫게 된다.

삶은
생로병사의 길이니
현재보다 못한 상황은 생각하지 못하고

만약,
취사(取捨) 속에 행복을 찾아 헤맨다면
이 의미와 뜻을 이해하기 쉽지 않다.

먼 후일에
바람개비의 진실을 깨달으면
이 말의 뜻을 알리라.

7. 나무와 숲

숲속에 있으면
나무는 보아도 전체 숲은 보지 못한다는
속담이 있다.

왜냐면
숲 전체를 볼 수 있는 열린 시야를
갖지 못했기 때문이다.

또한,
숲만을 보고 있다면
숲의 각종 나무 하나하나를 또한 알 수가 없다.

이 말의 뜻은
어떤 시각의 관점에서
상황을 인식하고 판단하느냐에 따라
다르다는 것이다.

나무만을 보거나
숲만을 보고 인식하며 판단한다면
인식과 판단의 상황처리에 문제가 될 수도 있다.

그러나
나무도 보고, 숲도 본다면
둘을 인식하는 상관관계의 중요성에서
인식과 판단의 관점과 상황처리에도
전체와 개체의 상관관계를 다 고려하게 되고
상호 작용성을 생각하게 된다.

나무나 숲의 지칭은
상황 설정의 영역이나
또는, 논의의 주제에 따라 다르겠으나

숲을 이룬 다양한 나무는
전체에 속한 그 하나의 개체들이니
사람 개인이거나
또는, 만물의 하나하나가 이에 속하며,
숲은 하나하나의 개체로 이루어진 전체이니
단체나 사회나 국가나 세계
또는, 자연의 생태나 지구가 이에 속한다.

나무를 떠나 숲은 존재하지 않으며
또한 숲을 떠나 나무는 존재하지 않는다.

그러므로
나무는 숲을 이루고 있는 개체가 되며
숲은 다양한 나무가 상호작용하는 공동체이다.

나무는 숲에 의존한 개체이므로
전체 숲의 섭리와 생리를 존중하고 따라야 하며
숲은 전체 상호작용 상관관계의 형태이므로
전체가 작용하고 운행하는 하나의 기틀을
이루게 된다.

만약,
어느 한 나무가 자신만을 위한 욕망으로
다른 나무에 피해를 주며
숲의 전체 상호작용의 상생관계를 무시한다면
숲의 전체 나무 상생의 아름다운 섭리와
전체가 하나의 공동체를 형성하는
상생관계의 생태 질서는 무너지게 된다.

생존과 존재 생태의 상호작용 섭리인
아름다운 삶의 모습은
서로 의존한 생태의 상생작용을 하는
무한 상생 융화의 작용에 있다.

생존과 존재의 기본이며, 근본 섭리는
홀로 존재하거나 생존할 수가 없다.

존재의 생성도
생태환경의 인연에 의지함이며
생존의 삶도 생태인연에 의지할 뿐
홀로 존재할 수가 없다.

생태환경의 상호작용인
생태 상생환경의 상호작용이 없으면
무엇이든 자기 혼자 생존할 수가 없고
스스로 존재할 수가 없다.

이것은
존재와 생존의 기본 제1원칙이다.

사람의 몸도
또한, 한 그루의 나무도
자신의 능력으로 스스로 존재하는 것이 아니라
생태환경의 상호작용 속에 형성되어
상생융화의 작용에 의지해 삶을 유지하며
존재해 있는 것이다.

만약,
생태의 상생환경이 사라지면
존재는 생존할 조건의 상태를 상실하여
존재할 수가 없어 소멸하게 된다.

지금,
나무 한 그루가
또한, 자신의 몸이 존재해 있는 것
이 모두는 자신의 힘과 능력이 아니라
생태환경 상호작용인 상생융화의 작용에 있다.

부모가 없으면
자신의 존재는 있을 수 없으며

가정이 없으면
사회는 존재할 수가 없으며

사회가 없으면
국가는 존재할 수가 없으며

국가가 없으면
인류세계의 국가는 존재할 수가 없다.

생태환경이 없으면
나무 한 그루도 존재할 수가 없으며

생태환경이 없으면
만물이 존재할 수가 없으며

만물이 존재할 수가 없음은
만물 생성의 조건인 자연생태가 존재하지
않음이다.

그것이 무엇이든
개체의 생성과 존재는
생태환경 상생융화의 상호작용 속에 생성된다.

생태 상생환경 상호작용이 끊어지면
무엇이든 생존할 수 없고
존재의 조건을 상실하게 된다.

그것이 무엇이든
생존하고 존재함은
생태환경 상호작용에 의존한 상태이며
자기 존재가 의존한 생태환경이 무너지면
자기의 존재도 사라지게 된다.

그러므로
개체의 시각에만 치우치면
전체를 무시하여도 개체만 잘 살면 될 것 같아도
개체에만 치우치고 전체를 무시한 결과는
건강한 개체도 끝내 사라지게 하는
생태환경의 상황을 초래하게 된다.

건강한 전체는
건강한 개체를 생성하고 보존하게 하며
전체와 상생 융화작용을 하는 개체는
전체를 건강하게 하는 섭리의 작용을 함이다.

무엇이든
상호작용 상생의 결속력은
전체나 개체를 건강하게 하므로
만약, 상호작용 상생이 파괴되면

전체나 개체나 생존의 조건인 생태환경을 잃어
소멸하게 된다.

생성과 생존과 존재의 기본 섭리는
생태환경의 상호작용인 상생융화의 섭리에 있다.

생성과 생존과 존재의 기본 섭리를 벗어나면
그 존재가 무엇이든
스스로 생존의 생태환경을 잃어 자멸하게 된다.

그러나
개체에 치우친 시각을 벗어나기 전에는
생태 생존환경이 자기 존재의 바탕임을
깊이 자각하지 못하고, 단지 이용의 대상인
자기 욕망의 대상으로만 생각하려 할 뿐
전체 생태환경에 유익한 상생융화를 생각하는
확장된 시각을 열기가 쉽지 않다.

나무와 숲
모두를 보는 시각이 열려 있다면
나무를 보아도 숲을 생각할 것이며
숲을 보아도 나무를 생각할 것이다.

전체를 보는 열린 시각에서는
숲을 보든 나무를 보든
둘의 관점을 하나의 공통된 시각에서 수용하므로

숲을 보아도 나무를 이롭게 할 것이며
나무를 보아도 숲을 이롭게 할 것이다.

왜냐면,
열린 시야에는 나무와 숲이 다름없는
하나이기 때문이다.

그러나
승화한 무한 열린 정신이 아니면
막상, 자신 개인의 상황에 치우치면
전체를 생각하기가 쉽지 않다.

숲을 생각할 때에는
전체를 생각하는 존재 생태의 기본정신인
상생 융화의 정신이 투철해야 하며,
전체를 위함이 자신에게 되돌아오는
생태순환 작용섭리의 열린 지혜가 필요하다.

건강한 숲이어야
건강한 나무를 생성하고 건강하게 보존하므로
그런 사회적 환경을 도모하고
그런 사회적 이념의 교육이 체계화되어
모두가 그 이념 속에 삶을 산다면

서로가
상생하고 융화하는 아름다운 열린 정신과

상생융화의 사회적 생태환경이 조성되므로

인간의 삶은
서로 상생융화로 아름답고 행복할 것이며
인간의 미래는 그 속에 더불어
더욱 발전하고 행복한 사회를 이룩하게
될 것이다.

인간의 교육은
숲을 보는 지혜를 열도록 노력해야 하며
숲을 보는 지혜가 열릴수록
인간의 삶과 사회의 행복은 그와 더불어
무한 열린 이상사회로 발전할 것이다.

그것이
인간의 행복한 삶과 행복사회를 여는
유일한 지혜이며, 길이다.

8. 눈을 감지 않는 물고기

물고기는
눈을 감지 않는다.

왜냐면
눈꺼풀이 없기 때문이다.

물고기가 눈꺼풀이 필요 없는 것은
물속에 항상 있으므로
눈에 수분공급이 필요 없기 때문이며
또한, 자신 몸을 방어할 생태환경이 아니므로
주위를 항상 살피며 먹이사슬에 잡히지 않도록
경계해야 하기 때문이다.

사람이 눈을 자연히 깜박이는 것은
눈의 건조를 막기 위함과
이물질로부터 눈의 보호와 피로도 줄이고
노출된 눈을 보호하기 위해서이다.

물고기는 눈을 감지 않으므로
가구를 잠그는 자물통에는

도둑맞지 않도록
잠자지 않고 잘 지키라는 뜻에서
물고기 모양의 자물통을 만들기도 한다.

수행자에게는
물고기처럼 항상 깨어있으라고
목어(木魚)도 있듯이
눈을 감지 않는 물고기는
항상 깨어있는 수행 정신의 좋은 의미로도
수용하고 있다.

눈을 감지 않는
그 자체가 중요한 것이 아니라
그 눈으로 무엇을 하며
왜, 깨어 있어야 하는가? 그것이 중요하다.

물고기가 눈을 감으면
자신을 스스로 방어하지 못해
다른 물고기로부터 바로 먹이가 되어
생명을 잃을 수도 있기에
눈을 감는 것은
곧, 생명을 잃는 죽음의 행위이다.

물고기가 눈을 감지 않음은
곧, 자신의 생명을 지키고 보호함이다.

물고기 모양 자물통의 뜻은
재물을 도둑맞지 않도록 잠자지 않고
항상 눈을 부릅뜨고 지키라는 뜻이다.

수행자의 정신
눈을 감지 않는 물고기의 정신은
혼침과 경계에 휩쓸리지 않고
항상 정신이 밝게 깨어있는 수행심으로
청정한 마음 광명을 지키고 옹호하여
잠시도 놓지 않음이다.

눈을 감지 않는 물고기는
현실의 사회에서나 정신 수행의 세계에서나
좋은 의미로 수용하고 있다.

사람의 눈을 항상 깜박 꺼려도
의식은 눈을 감지 않고
항상 밝게 깨어있다.

그러므로
항상 보고, 듣고, 생각하며 느끼고
판단하고 행동을 한다.

의식이
한순간도 잠을 자지 않고
깨어있기 때문이다.

잠을 자도
꿈을 꾸거나 감각을 통해 인식하는 것은
육체는 잠을 자도 의식은 잠을 자지 않고
항상 깨어있기 때문이다.

의식이 깨어있지 못하면
감각과 인식의 작용을 할 수가 없다.

촉각과 감각과
인식과 헤아림의 분별이 있음이
곧, 의식이 항상 깨어 있음이다.

그러나
눈을 감지 않는 물고기처럼
항상 밝게 깨어있어야 할
밝은 의지(意志)의 눈이 아직 없거나
그러한 눈이 있는지도 모르고 있거나
아직, 눈을 뜨지 못하고 있을 수도 있다.

자기 자신을 밝게, 어리석지 않게
뜻하는 바대로 이끄는 신념과 지혜의 눈이
아직, 없거나, 열리지 않았을 수도 있다.

그 눈이, 바로
눈을 감지 않는 물고기의 눈이다.

물고기의 눈처럼
자기 생명을 악하거나 나쁜 것에 먹히지 않고
지키고 보호하는 눈이며

물고기의 자물통처럼
자신의 선함과 지혜의 마음 보물을
어리석음에 빼앗기지 않고
항상 지키고 보호하는 눈이며

수행자의 물고기 정신처럼
수행심을 놓지 않아 경계에 이끌리지 않으며
항상 깨어있는 청정한 마음으로
공심공행(空心空行) 본성 공덕을 잃지 않음이다.

맑은 의지(意志)의 지혜로운 눈이
항상 자신을 향해 깨어있어야 한다.

그 눈을 뜨기도
또한, 갖기도 쉬운 일은 아니나
그 눈이 항상 밝게 깨어있으므로
자신의 삶과 이상의 가치가 더불어 상승하며
무한 열린 자기 진화의 세계로 향하게 된다.

의지(意志)의 눈은
의식(意識)의 눈이 아닌
정신 의지(意志)의 눈이니

자신의 정신을 갈무린 의지의 정도에 따라
열리게 된다.

그 의지(意志)의 눈이
정갈해질수록
모든 의식의 차원을 초월하여
무한 초월 정신세계에까지 들게 된다.

그 의지(意志)의 뿌리가
곧, 생사 없는 무한 초월 본래의 성품이기
때문이다.

그 의지(意志)의 눈은
촉각과 감각인 의식의 세계로부터
무한 초월 정신에까지
무한 열린 상승의 세계로 자신을 이끌게 된다.

물고기는
눈을 감지 않는다.

왜냐면
자신의 생명을 빼앗기지 않고 지키며
보호하기 위해서다.

만약,
이 눈을 뜨지 못하였다면

벌써, 미혹과 생사에 생명이 빼앗긴 상태이다.

자신의 생명을 빼앗는
제일 큰 먹이사슬이 미혹과 생사이니
생명을 미혹과 생사에 빼앗기지 않으려면
물고기처럼 의지(意志)의 밝은 눈으로
항상 깨어있어, 미혹과 생사의 먹이사슬에
먹히지 않아야 한다.

미혹과 생사에 먹힘이란
밝은 의지(意志)의 눈을 잃어
촉각과 감각과 분별의 경계에 미혹으로
이끌림이다.

의지(意志)의 눈이 밝게 깨어있으면
촉각과 감각과 분별 속에 있어도
물듦 없는 청정한 본심 공심공행(空心空行)이면
의지(意志)의 눈이 밝게 깨어있음이다.

물고기는
눈을 감지 않는다.

물고기는 바로 본성이며,
눈을 감지 않음은
항상 성품이 밝게 깨어 있음이다.

의지(意志)의 눈은
성품이 밝게 깨어있는 작용의 마음이다.

물고기는
눈을 감지 않는다.

9. 토끼와 거북이

토끼와 거북이
경주의 이야기는 누구나 알고 있다.

어느 날
토끼와 거북이가 달리기하여
빠른 토끼가 중간쯤에서
거북이가 너무 늦어 보이지를 않으니까
잠깐 자고 가도 거북이를 이기겠다는 생각에
토끼가 잠시 잠을 자는 사이에
거북이는 쉬지 않고 열심히 달리기하여
토끼를 이겼다는 이야기이다.

이 내용이 주고자 하는 교훈은
무엇이든 방심하거나 자만하거나 경솔하면
곧, 성취할 것이 당연히 눈앞에 있어도
뜻을 이루지 못한다는 교훈이다.

또한,
어떤 어려움이 있어도 용기를 잃지 않고
열심히 최선을 다하다 보면 모든 것을 극복하고

뜻을 이룬다는 교훈이다.

무엇이든
결과의 결정에 대해서
토끼와 거북이처럼 미리 짐작하거나
예측은 하여도
그것은 지금의 상황일 뿐
결과를 미리 예단할 수 없음은

그 결과를 향한 과정 중에
어떤 상황의 변화가 일어날지 모르므로
결과인 결정이 되기 전에는
무엇이든 결과에 대해 알 수가 없다.

출발선에 선 토끼와 거북이 중에
만약, 자신이 거북이라면
어떤 생각을 할까?

거북이처럼
토끼와 같이 경주를 하지 않고
자신이 토끼에게 질 것을 미리 짐작하여
출발선에서 미리 포기할 수도 있다.

거북이처럼
토끼를 이기겠다는 용기를 품고
토끼와 같이 경주를 하는 사람이 과연 있을까?

거북이가
토끼와의 경주를 포기는 할 수는 있다.

그러나
삶은 포기할 수가 없다.

현실의 상황은
거북이와 같은 사람도 있고
토끼와 같은 사람도 있다.

거북이와 같은 사람이어도
토끼보다 더한 호랑이 같은 무리가 있어도
삶을 포기하지 않고
열심히 최선을 다해 삶을 살아가고 있다.

삶은 내일의 상황을 알 수가 없으므로
삶의 과정 변화 속에
호랑이가 거북이보다 못한 상황이 되기도 하고
거북이가 토끼를 넘어 호랑이가 되는
경우도 있다.

또한,
토끼와 같은 사람도 있으니
자기보다 무엇이든 조금 부족한 것이 있으면
상대를 무시하고 업신여기며
토끼처럼 자만하고 교만한 마음으로

자신이 잘난 것처럼 생각하는 사람도 있다.

삶의 상황은
항상 변화 없는 정해진 단순한 길이 아니며
오늘이 아닌 내일의 상황은
단지, 지금의 상황으로 미루어 짐작하여도
시시때때로 변화하는 변수의 상황은
지금의 상황으로는 내일을 알 수가 없다.

만약,
토끼와 거북이 경주의 결승점이
물을 건너야 하는 곳이라면
출발점에서 토끼가 포기하였을 수도 있다.

토끼와 거북이의 달리기 상황이
토끼에게는 당연히 유리하였으므로
토끼와 거북이의 경주를 생각하면
토끼가 이길 것을 미리 예단하는 것은
원인론적 사고이다.

결과론적 사고는
원인은 어떤 상황이어도
그 진행 과정에 상황은 무수히 변화하므로
결과론에 치중하며 우선할 뿐
원인론에 치중하거나 의미를 두지 않는다.

삶의 상황은
토끼가 자만하지 않아도
가다가 상황에 따라 다칠 수도 있고
가는 도중에 물을 건너야 할 막연한 상항이
있을 수도 있다.

원인론에 치우쳐도
진행 과정의 흐름 속에서
예기치 못한 돌발상황이 생길 수도 있음은
지금 이 시각에는
내일의 상황은 알 수가 없기 때문이다.

원인론적 사고는
토끼와 거북이의 경주가
처음부터 잘못된 것으로 생각할 수가 있다.

그러나
세상의 삶은 토끼와 거북이뿐만 아니라
모든 삶의 상황도 처음부터 다르고
출발점도 각각 다른 상황에 놓여있음이
현실이다.

그러나
각자 열심히 최선을 다하는 과정에
각각 삶을 추구하는 가치와
각자 행복을 위한 삶의 방향이 달라진다.

삶의 가치와 보람과 행복은
갖추어진 원인론에 있는 것이 아니라
삶의 과정 흐름과 결과론에 있음이니
어떤 정신과 노력으로 자기 가치를 추구하며
어떤 의지의 노력을 더 하느냐에 따라
그 결과는 달라진다.

미래는 결정되어 있지 않기에
꿈을 가지며
자기의 삶을 개척하고
자기 의지의 삶을 추구하게 된다.

삶의 미래는
자신이 노력한 결과이므로
거북이가 자신보다 빠른 토끼를 이기듯
삶의 미래는 원인론보다 결과론에 있다.

내일의 미래는
자신을 끊임없이 새롭게 창조하고 진화하며
자기 성장의 향상을 위해 끊임없는 열정의 의지로
노력하는 자의 것이다.

10. 개미와 사람

개미는
사람이 사는 생활환경 속에도 많으며
산과 들과 나무에도 개미들이 많이 살고 있다.

개미들을 보면
어느 한 개미이든
한가하게 보이는 개미는 없다.

서로
줄을 지어 다니거나
아니면, 몇 마리씩 흩어져 잠시도 쉼이 없이
항상 무엇을 하는지 다들 바쁘기만 하다.

개미의 다리는 여섯이고
사람의 다리는 둘이다.

다리가 여섯인 개미보다는
사람의 다리가 둘이어도
몸도 크고 다리가 길어 속력이 빠르다.

사람의 시각에서
개미들이 기어 다니는 것을 보며
개미의 속력이 늦다고 생각할 수도 있다.

개미는 발을 수없이 움직여야
사람의 한 걸음 보폭의 거리를 갈 수가 있다.

개미와 사람의 속력은
차이가 크게 나므로 서로 비교할 수가 없다.

사람이
개미보다 몸집이 크고
속력도 빠르며, 지능도 개미보다 더 높다.

그렇다 하여
개미보다 더 행복할까?

그리고
개미보다 더 가치 있는 삶을 살고 있을까?

행복도
삶의 가치도
몸집에 있는 것도 아니며
속력의 빠르기에 있는 것도 아니며
지능이 높은 것에 있는 것도 아니다.

개미보다 사람이 몸집이 커도
그 큰 몸의
행복과 가치가 개미보다 더 나았을까?

개미보다 사람이 속력이 빨라도
그 빠른 속력의
행복과 가치가 개미보다 더 나았을까?

개미보다 사람이 지능이 높아도
그 높은 지능의
행복과 가치가 개미보다 더 나았을까?

사람이라 하여
무조건 다 좋은 것이 아니니
서로 어떤 차별이든 그 차별이
어떤 상황에 따라 장단점이 되기도 한다.

사람이 새처럼 날개가 있어
날 수 있다면 그것이 좋은 것일까?

만약,
사람에게 날개가 있다면
그 날개로 어디로든 날아다니며
허공을 높이 난다고 하여도
그것이 무슨 의미와 가치가 있을까?

사람에게
날개가 없어 더 불행한 것이 아니며
개미보다 모든 것이 우월하다고 하여
더 행복한 것은 아니다.

날개 없는 그 상황도
행복이 온전하고 원만한 가치를 다하지 못했으며

또한
개미보다 더 우월한 상황이어도
더 가치 있는 온전한 행복을 원만하게 하지
못했다.

삶의 행복과 자기 가치는
부족한 자기 상황의 어떤 추구보다
지금, 자기의 행동에 어떤 의미를 부여하며
그 가치를 어떻게 일깨우느냐에 달렸다.

행복은 미래에 있지 않고
자기 가치는 지금, 현재를 벗어난 곳에
있지 않다.

행복은 의미에 있으며
가치는 자신을 일깨우는 의식 속에 존재한다.

그것은

개미나 사람이나 다를 바가 없다.

개미는 본능적으로
존재 삶의 의미와 자신의 가치를 알기에
쉼 없이 움직이며

사람은 욕구 때문에
지금 존재에 만족할 줄 모르므로
항상 행복과 자기의 가치를 미래에 두기에
지금 존재와 생명 감사의 행복을 놓치고 있다.

사람 사회에
자기 행복과 가치를 위해
삶의 방향을 달리하는 두 모습이 있으니
하나는 욕구의 만족을 위해 노력하는
일반 사회적 삶이며

또 하나는
자기 존재의 근원 본성을 향해 깊이 들어가는
수행자의 삶이다.

하나는
소유를 통해 원하는 것을 추구함 속에
행복과 자기 가치를 위함이며

또 하나는

무소유인 자기 존재의 근원으로 돌아가는
최상의 지성적 삶 속에
자기의 행복과 가치를 추구함이다.

단지, 이 두 방법은
자기 행복과 가치를 추구함은 같으나
서로 방법을 달리한 것뿐이다.

소유를 통해 추구하는 행복과
그 속에 자기 가치를 찾는 차별 시각에서는
사람의 생각에는
개미의 행복과 가치는 의미가 없으며
개미와 자기는 서로 다른 차별세계이므로
개미와 자기는 행복의 가치와 차원이
다르다고 생각한다.

그러나
자기 행복과 가치를 추구하는 길이
무소유인 자기 존재의 본성을 향한 사람은
지혜가 깊어지고
자기 행복과 진정한 존재 가치에 접근할수록

개미와 자기는 다름없는 존재이며
자신의 행복이 개미의 행복과 차별이 없고
개미의 행복이 자신의 행복임을 깨닫게 된다.

그렇게 서로 다른 인식은
개미와 자기가 다름을 인식하는 것이
서로 다른 존재인 차별시각의 생각이며

개미와 자기가 다름없음을 생각하는 것은
존재의 차별 없는 생명 근원에서 보는
열린 시각의 지혜이다.

진정한
존재의 행복과 가치는
차별 속에 우뚝 자기 홀로 있는 것이 아니니
차별 없는 열린 지혜로 모두를 보는 시선이
자신과 차별 없음을 자각하며

더불어 행복한 삶의 지혜로
자신의 행복과 가치가 더불어 그 속에 있음을
깨닫게 된다.

자기 행복과 자기 가치는
어우름 속에 있으며
어우름의 정신이 승화할수록 그 속에
자기의 행복과 자기의 가치가 더욱 상승한다.

만약,
어우름의 행복을
본능적으로 모른다면

개미들이 줄지어 다니는 행렬도 없을 것이며
한 집단적 공동체 생활도 없었을 것이다.

이 어우름의 행복을 파괴하는 것은
전체가 건강한 아름다운 융화의 정신을 외면한
어우름의 행복 정신이 열리지 않은
자기만족을 위한 개인적 이기주의이며
더불어 행복한 삶을 수용하지 못하는
전체를 생각하는 열린 의식이 깨어나지 못해
아직 성숙하지 못한 의식 때문이다.

상생의 한 어우름
아름다운 존재섭리를 벗어난 자타 분리의식은
어우름의 행복을 파괴하고
아름다운 공동체 의식을 상실하게 하며
아름다운 행복사회의 기본정신을 파괴하는
성숙하지 못한 정신이다.

사람 개인 개인은
개미보다 우수할지 몰라도
전체 어우름의 행복사회인 삶의 정신은
개미의 어우름 행복 정신을 배우고
터득해야 한다.

그것이
인간사회가 행복할 수 있는 길이며

행복세상을 만드는 성숙한 삶의 모습이고
모두가 행복한 어우름 사회가 되는
행복사회의 유일한 길이다.

삶의 행복세상은
나와 남의 행복이 다름없는
서로 어우름의 정신이 승화할 때에
인간의 삶과 사회는 행복세상이 될 것이며
개인개인은 어우름 속에 하나가 되어
행복사회를 이룰 것이다.

인간의 행복세상을 만들고자
시대와 세대를 이어 갈구해도
개미가 행복사회를 이루는
한마음 삶의 어우름 정신을 벗어나면
그 외는 길이 없다.

서로 어우름의 행복은
유일한 생명 상생의 길이니
생명 상생의 조화인 어우름을 이루지 못하면
인간의 지능이 아무리 높아도
행복사회를 이루지 못한다.

행복은 지능이 높은 것에 있는 것이 아니니
서로 수용하고 사랑하는 한 어우름
의식이 깨어난 무한 상생의 정신에 있다.

개미는
의식과 지능이 밝게 깨어나
이것을 아는 것이 아니라
갓 낳은 생명체가 어미의 젖을 빨 듯
생명 생태본능으로 자각하여 행동할 뿐이다.

의식은 인식과 사고의 분별이며
지능은 분석력이며
생명본능은 의식과 지능에 말미암지 않고
본능적으로 그렇게 행동할 뿐이다.

사람은 의식이 발달하여 무엇이든 분별하고
지능이 높아 무엇이든 분석하여도
의식과 지능이 자기 욕구에 치우치다 보니
생명 순수본능 상생의 어우름을 상실하게 되고
인간의 진정한 행복세상의 삶을 외면한
자기 욕구 위주의 삶에 치중하게 된다.

삶의 행복세상인 서로 어우름의 행복은
한 생명 뿌리 의식이 깨어나지 않으면
개체 분리의식 속에 살게 되므로
모두의 생명이 오직 하나인
어우름의 상생행복 승화를 자각하지 못한다.

모두가
오직 하나의 생명임을 자각하고

의식과 정신이 그 성품 속에 승화할 때에
모두 한 생명, 한 행복세상 정신을 갖게 된다.

삶의
행복사회가 되어야
그 속에 나도 행복할 수 있으며
서로 어우름의 행복이 승화할 때에
삶의 진정한 행복사회가 이룩된다.

인간 행복세상을 병들게 하는
의식과 지능이 아무리 발달하여도
서로 행복한 삶과 사회에는 가치가 없는 것이니
너 나 모두의 행복세상을 위해
더불어 하나 된 어우름의 기쁨이 승화할 때
너의 삶과 행복도 더불어 기쁨이며
나의 행복도 더불어 승화되어 기쁨이다.

그 길은
둘 없는 한 생명 어우름의 승화인
한 생명 삶의 길이다.

사람보다
의식과 지능이 부족한
개미가 줄을 지어 다님을 예사로 보아도
그 속에 인간 행복사회로 가는 길이 있음을 앎이
의식과 지능의 가치이리라.

11. 돌담 철학

돌은
어느 것 하나 똑같지를 않고
자기 마음대로 생겼다.

뾰쪽한 돌과
뭉텅한 돌과 길쭉한 돌과 몸이 움푹 파인 돌과
구부러진 돌과 둥그스름한 돌과 울퉁불퉁한 돌과
한쪽만 평평한 돌과 세모난 돌과 네모난 돌과
허리가 굵은 돌과 한쪽 면이 날카로운 돌과
다양한 색깔과 다양한 형태와 다양한 석질 등

그 다양한 돌의 모양새를
말로 어떻게 다 표현할 수가 없다.

그 모양새에도
못생긴 돌이 있고, 잘 생긴 돌이 있으며
크기도 작은 것으로부터 큰 것에 이르기까지
제각각 자기 마음대로이다.

돌의 모양새를 보면

사람 생각만큼이나 별의별 모양을 다 한 돌들이
제각각 다양하게 생겼다.

돌의 모양새
어느 것 하나를 보아도 똑같지 않고
서로 닮은 점이 없어
서로 어느 것 하나 조화를 이루기가 쉽지 않다.

그런데 돌담을 보면
어느 것 하나도 같지 않은 그 모양새들이
못난 그대로 서로서로 인연하여 조화를 이루어
어느 것 하나 가공하지 않은 그대로
아름다운 돌담을 이루고 있다.

보기도 아름답고
어느 것 하나 서로 같지 않아도
서로 탓하는 바 없이
못난 모양 그대로 서로 의지해
아름다운 돌담 철학
예술적 미학(美學)을 만들어 내고 있다.

우리 인간 세상에는
저 돌처럼 못난 사람이 한 사람도 없다.

다들 저 돌보다는 잘났고
보기 싫지 않으며

제각각 자기의 아름다움을 다 간직하고 있다.

돌은
서로 못나도 그 못남을 탓하지 않고
서로 못났어도 그 못남을 서로 의지해
인간 세상에는 볼 수도 없는
아름다운 돌담 철학
승화된 예술의 더없는 가치의 세계
미학을 드러내고 있다.

그러나
우리 인간 세상에는
뜻이 자기와 같지 않으면 서로 탓하고 미워하며
돌담처럼 화합하기보다는
결속이 파괴되며 화합이 깨어지고
서로 미움으로 같이하지 못하며
서로 옳고 그름을 시비하고 다투며
자기 옳고 잘남만 인식시키려 강조하고 있다.

어떤 관점에서 보면
돌담의 철학과 아름다운 미학의 세계를 배우고
느끼며 자각해야 한다.

우리 각자는
저 돌보다 잘났어도
저 돌담의 아름다운 성숙한 지성의 철학을

삶의 가슴에 담고 있지 않다.

저 돌들은 생긴 모양도 같지 않고
크기도 같지 않으며
어느 것 하나 잘난 것이 없어도
서로 못남을 조화롭게 의지하여 화합하며
아름다운 높은 예술적 가치의 세계를 드러낸다.

눈 있는 자는
그 아름다운 철학의 세계를 눈으로 확인하며

가슴에 따뜻함을 지닌 자는
자신보다 더 아름다운 모습을 지닌 돌담에서
세상을 보는 삶의 한 수를 터득하며

지성을 가진 자는 돌담을 보며
자신의 미숙한 지성을 되돌아보며
진정한 지성이 무엇인가를 깨닫게 되며

가슴에 사랑을 품은 자는
진정한 사랑이 무엇인가를 돌담의 아름다움에서
승화된 사랑과 행동하는 사랑의 진리를
배우며 터득하게 된다.

사람이
돌보다도 더 가치 있으며

돌보다 못남이 없어도
내재한 가치와 못남이 없는 그 존재의 가치를
이롭게 창출하지 못하면

스스로 잘남, 그것은
생명력 없는 죽은 가치이며
잘남 없는 한갓 자기 교만에 불과하다.

돌담 철학에서 느끼는 바 없고
가슴에 와 닿지 않으면
돌보다 잘났다고 할 수가 없다.

지금,
자신의 고뇌와 문제가 무엇인지
아직 해결하지 못하고 있다면
그 해답이
돌담 철학 속에 담겨 있을 수도 있다.

돌담 철학 속에는
많은 삶의 진정한 의미와 철학의 지혜와
삶의 길을 제시하고 있다.

부족하지 않은 사람도 없고
완전한 사람도 없다.

부족하기에 서로 의지해야 하며

완전하지 않기에
서로 진지하게 수용해야 한다.

그것이 어떤 것이든
아름다움은
자기 혼자의 세계가 아니며

또한,
자기가 아름다울 수 있는 것은
혼자가 아니기 때문이다.

어우름의 승화는 아름다움으로 피어나고
아름다움은 서로 수용하는 조화의 지극함에 있다.

돌담 철학은
마음 밖에 있는 것이 아니다.

모양이 제각각
자기 멋대로 생긴 여러 모양의 생각들을
서로 조화롭게 수용하여
아름다운 돌담의 예술적 가치로 승화한 미학으로
창출해야 한다.

못난 생각도,
잘난 생각도 어우름 속에 서로 조화를 이루어
자신의 모순을 성숙하게 승화시키어

삶의 아름다운 지성과 사랑과 밝은 지혜로
자신을 새롭게 창출해야 한다.

돌담을 쌓을 때는
돌의 못난 부분을
밖으로 드러내지 않고 안으로 돌리며
돌의 잘난 부분을 밖으로 보이게 하여
돌의 못나고 잘난 부분의 모양새와 크기에 따라
서로 조화롭게 아름다움을 창출하게 한다.

돌담을 쌓을 때
지성과 예술의 미학을 더하여 승화시키면
세상에 제일 아름답고 멋있는
돌담이 될 것이다.

12. 박꽃

무엇이든
우연히 보고 스친 것이어도
세월이 많이 흘러도 잊히지 않은 것들이 있다.

감수성이 많을 어린 나이에
우연히 밤에 핀 박꽃을 본 적이 있다.

우연히
개울가 옆, 밤에 피어있는 하얀 꽃을
보게 되었다.

꽃은 크지 않았지만 하얀 꽃이
이슬에 젖어 활짝 피어있는 모습이
너무나 청순하고 때 묻음 없이 피어 있음을 보고
그 맑고 고운 너무 티 없는 박꽃의 모습에
한참 쳐다보고 있었다.

나는
밤에 피는 꽃이 있음을 그때 처음 보았다.

많은 세월 몇십 년이 흐른 지금

우연히 스친 그 꽃은 이미 이 세상에 있지 않고
또한, 나도 이제 젊음이 다 지나고 늙었어도
그 꽃이 가끔 생각날 때가 있다.

이 나이에 지금 또한 박꽃을 본다 하여도
몇십 년 세월 가슴에 남은 그 꽃의 상념을
대신할 수가 없다.

몇십 년 세월
잊히지 않는 그 꽃은
마음에 단순 그 꽃의 모습만 새겨져 있는 것이
아니다.

감수성이 많은 나이에
가는 발길을 멈추고
너무나 청순하고 때 묻음 없이 피어 있는
그 맑고 고운 티 없는 모습의 꽃을
한참이나 바라보는 그때 그 마음 감성을 같이
더불어 지니고 있으므로

그 꽃을 생각하면
그 꽃의 상념에는 그 꽃을 바라본
티 없는 청순한 그때의 그 감성을 더불어 느끼며
회상되기 때문이다.

이제 늙음이 깊어
무엇이든 그런 순수 티 없는 감성으로

때 묻음 없이 상황을 맞닥뜨리기가 쉽지 않으니
환(幻)과 같은 그 꽃은 이 세상에 없으나
어린 시절 우연한 인연으로 맞닥뜨린
그 꽃을 생각하면
티 없는 그 꽃을 바라본 그 순수 감성이
지금은 가슴에 그 잔상이 남아
때 묻을 수 없는 티 없는 마음의 고향처럼
느껴진다.

무엇이든
상대의 존재가 가슴에 어떤 감성과
상념의 존재로 인식되고 기억되며 남느냐는 것은
중요하다.

우연히 한순간 맞닥뜨린
티 없는 청순한 꽃이 한평생 가슴에 남아
삶 속에 때 묻음 없는 마음의 고향이 되어
마음을 순수하게 하고 평온함을 주듯
그런 존재의 가치를 사유하며
삶을 꿈꾸고

생명의 가치
순수를 향한 무한 의식을 열며
티 없는 궁극의 생명 길
무한 시각이 열린 의식의 초점은
티 없이 맑은 생명 가치가 열린 그곳으로
향한다.

13. 피 울음 새

세월이 흘러
오래된 일이지만
지금도, 그 애달픈 피 울음 새소리를
기억하고 있다.

평생 처음이자
한번들은 새의 소리이지만
너무나 그 소리가 애절히 피를 토하듯
그 아픔이 가슴을 저미며 울기에
그 소리를 잊을 수가 없다.

몇십 년이 흘렀으니 하도 오래되어
아련하나마
아마 여름날 저녁이었으리라 생각한다.

저녁 늦은 밤, 10시 정도 되었을까
산 쪽에서 처음 듣는 새소리가 산이 울릴 정도로
크게 울었다.

저녁이라 고요하니

산이 울릴 정도로 새 소리가 크게 들렸다.

그 소리는
그냥 듣기 좋은 새소리가 아니라
한(恨)이 맺혀, 그 아픔을 어찌할 바를 몰라
피를 토하듯 피 울음을 울었다.

고요한 여름날 저녁이니
더위 때문에 문을 열어 놓고 있었음이라
네다섯 시간을 그렇게 자정이 넘어도
자리도 옮기지 않고 피를 토하듯 울어대니
잠인들 이룰 수가 없었다.

밤이 깊어지니
피를 토하듯 우는 그 울음소리가
고요한 산과 어둠의 허공을 물들이며
울려 퍼졌다.

새를 가까이 해보지 않았으니
새에 대한 경험도 없고 소통해본 적이 없어
저 새의 이름도 모르며
단지, 저 새의 소리를 난생처음 오늘
들었을 뿐이다.

그런데
저 새의 피맺힌 울음소리를 듣고 있으니

새이지만, 어찌할 줄 모르는 그 아픔을
인간이어도 새의 울음 속에 맺힌 아픔을 느끼며
그 아픔이 고스란히 가슴에 저미어 파고들며
전해졌다.

아픔이 너무 크면
울음도 막혀 나오지를 않겠지만,
내가 지금껏 살았어도
사람도 그렇게 피 울음을 우는 것을
보지는 못했다.

그 가슴에 한(恨)이 피맺힌 듯
어찌할 줄을 모르는 아픔의 피 울음을 토하니
그 울음소리는
어미 말을 듣지 않는 청개구리 같은 자식이
어미가 돌아가시니 그제야 잘못을 뉘우쳐
어미의 죽음 앞에 불효가 한(恨)이 맺혀
울어대는 불효자의 피맺힌 울음과도 같았으며

어린 자식이 병으로 죽어
가슴에 한(恨)이 되어 죽은 자식을 끌어안고
피맺힌 듯 우는 어머니의 피 울음과도 같았으며

가족의 생계를 위해 바다에 나간 남편이
풍랑을 만나 남편을 잃은 아내가
바다를 보며 가슴에 한(恨)이 맺혀

피 울음을 우는 것과도 같았다.

그때 그 울음소리에 마음이 아파
가슴에 한(恨)이 맺혀
피 울음을 우는 그 소리를 들으며
망부석이 되는 그 아픔을 알 것만 같았다.

네다섯 시간을 쉬지 않고
하도 오랜 시간을
한(恨)이 맺혀 피를 토하듯 울기에
그때 생각에는
만약, 저렇게 피를 토하듯 울어대면
밤이 새면 새가 죽을 것만 같았다.

삶을 살대 보면
사람에게도 어찌 그 새와 같이 한(恨)이 맺히듯
아픔이 없을 수가 있겠는가만은
삶을 살다 보면 어떤 때에 따라서는
약(藥)이 독(毒)이 될 때도 있고
독(毒)이 약(藥)이 될 때도 있다.

누구나 삶 속에
마음의 아픔은 없어야겠지만
삶의 상황에 아픔이 없을 수는 없으니
어떤 상황이든 아픔이 깊을수록
그 아픔이 삶에 대한 새로운 인식과 자각의

눈을 뜨게 하므로
아픔을 통해 자신을 돌아보게 되고
방심하거나 무심하여 생각하지 못한 것에 대해
돌아보게 된다.

아픔만큼
성숙한다는 말이 있다.

이 말은
성숙하기 위해서는 아파야 한다는 뜻이 아니라
피부에 와 닿는 자각의 아픔이 없으면
일상의 타성이나 습관에 젖어 예사로이 생각해
무엇이든 인식하지 못한다는 뜻이다.

그러므로
삶의 현실, 참모습은
경험으로 피부에 와 닿는 아픈 만큼 느끼며
느낀 만큼 자각하고
자각한 만큼 삶에 대한 안목이 밝아지게 된다.

앎은 머리에 든 지식이며
안목은 옳고 그름을 아는 지혜의 눈이다.

머리에 든 지식이라도
자기 체질화되어 있지 않으면
삶의 실질적 대응에 힘이 되는 것이 아니니

안목이 열리고 시야가 밝은 만큼
무엇이든 판단과 결정에 실수 없는 삶을
살 수가 있다.

무엇이든 방심하고 그냥 예사로이 생각하다가
후회할 상황이 되면
그제야 이렇게 할 걸 후회하게 된다.

한(恨) 맺혀 피를 토하듯 우는 새의 소리는
한(恨)이 없어도
그 소리가 새의 본래 특성일 뿐이어도
가슴에 한(恨)이 맺힌 듯 피 울음소리를 듣고
이성(理性)이 깨어있는 인간이기에
가슴 깊이 자각하는 바가 있어
자기 삶에 약(藥)으로 수용하였다면
청개구리와 같은
불효자의 한(恨) 맺힌 피 울음도 없었을 것이며,
어린 자식을 가슴에 안고
한(恨) 맺힌 피 울음을 우는 어머니의 아픔도
어쩜, 피할 길이 있었을 수도 있으며,
망망대해를 넋 놓아 바라보며
한(恨) 맺힌 피 울음을 우는 망부석이 되지 않는
길도 있었을 수도 있다.

어떤 상황이든
무엇을 어떤 시각으로

어떻게 생각하느냐는 것은 참으로 중요하다.

왜냐면
그 생각이, 자기 삶의 상황을 대처하는
기본자세이기 때문이다.

눈에 보이는 것
귀에 들리는 것 그것을 어떻게 생각하든
그 생각은 자기 삶의 시각이며
현재 자기 성장의식 수준의 인식이며
삶을 인지하는 안목이 깨어있는 감각의
수준이다.

어떤 새가
어떻게 울든 그것이 중요하지 않다.

그 상황을 어떻게 인식하고
자기 의식작용에 어떤 변화를 일으키며
그 작용으로 자신과 삶에 새로운 동기부여의
어떤 변화의 가치가 있으며
응용하느냐의 그 지혜가 중요하다.

만약,
새가 그렇게 운다고 단지, 시끄럽게만 생각하고
귀찮게만 생각하거나 무심히 보내었다면
생각이 깊지 못해 의식과 감각이 무디고 둔하여

무엇이든 예사로이 생각하다
예기치 못한 삶의 어느 날
한(恨) 맺힌 가슴에 아픔을 어찌할 바를 몰라
무심히 생각한 피를 토하듯 우는 그 새의 아픔이
가슴 깊이 사무쳐 자각할 때가 있으리라.

새도
감정이 있는 생명체이니
몇 시간을 어둠 속에 사람의 마음이 아프도록
피를 토하듯 울음이
어찌, 그 까닭이 없겠는가?!

한갓 미물의 소리일지라도
사유하며 느끼는 바가 있고, 배울 바가 있으면
지각이 밝게 깨어 있는 생명이면
깨닫는 바도 있어야 함이니

새가 그날 밤
그토록 우는 그 사연은 몰라도
혼(魂)의 피맺힌 아픔을 토하는 애달픈 울음에
가슴에 맺히는 아픔 없는 따뜻한 삶을
살아야겠다는 소박한 진실과
삶의 아픔에 대해
깊이 사유하고 자각하게 되는
밤이었다.

4장

이성(理性)의 향기

1. 명(命)

명(命)은
내가 뜻을 세워
내 의지로 선택하고
어떤 상황에서도 내가 뜻한 바를 위해
그 길을 가는 의지의 길이다.

그 길을 가다 보면
어려움도 있을 것이고
내 능력과 한계를 시험하는 순간도 있을 것이며
좌절이 이런 것임을 겪는 순간도 있으리라.

그 길에서
골똘히 생각하고, 의지와 정신을 집중하며
설사, 그 자리에 내 삶의 전부를 걸어야 하는
순간도 맞닥뜨리리라.

내가 원하고
내가 선택하며
내가 옳다고 생각하는 그 길에는
어떤 어려움이 있어도 그 길을 묵묵히 가야 한다.

그 길에는
물러설 수 없는 순간도 있을 것이고
넘어야 하는 벅찬 어려움도 있을 것이며
삶과 죽음을 선택해야 하는 최후의 갈림길에 선
느낌을 받는 순간도 있으리라.

그 길에
내 삶의 이유와 생명의 가치가 있다면
그 상황과 여건이 어떤 것이든
마땅히 물러설 수 없이 해결해야 할 일이다.

골똘히 생각하고
또 생각해도, 그 길이 바람직하면
나의 가치와 삶의 이유를 그 속에 부여하고
그 길을 선택해 그 길을 가는 것이 삶이다.

살아 있고,
존재해 있다고, 그것이 가치 있는 것은 아니다.

의지가 명확하고
바람직한 뜻을 세우며
그 길이 태어난 가치와 의미가 있고
자기 생명의 존재의식을 부여할 수 있는 것이면
그 길을 선택한 그 삶과 길이
곧, 나의 명(命)이다.

내 의지가
나의 삶을 선택하고
내가 아는 앎과 내가 가진 최선의 지혜로
골똘히 생각하고 생각하며
나 자신을 위한 가치를 추구하고
내 생명과 삶의 보람과 더없는 길임을 생각해
선택한 그 어떤 것이어도 반드시 그 길에도
맞닥뜨리는 어려움이 있게 마련이다.

어떤 상황과 어려움보다도
그 길이 내가 가야 할 가치의 길이냐가
무엇보다 중요하다.

삶은
동서남북 어느 길이든 편안함만은 없다.

선택에 가치를 생각하지 않고
무엇이든 쉬운 길만 선택하다 보면
의지가 약해져 무엇이든 망설이게 되고
어려움을 피하려고 어느 길을 선택해 가든
어느 길이든 그에 상응한 어려움은
모두 있게 마련이다.

어느 길이냐가 중요한 것이 아니라
그 길이 내가 가야 할 길이며
내 생명이 헛되지 않은 가치의 길이냐가

무엇보다 중요하다.

명(命)은
의지의 길이며
삶의 이유와 의미, 자기 가치를 도모하는
그 길을 따라 자신의 의지로 내딛는
자기 삶의 길이다.

명(命)은
자기 의지의 길이며
자기 삶과 생명의 더없는 가치를 위한
자기 극복과 무한 창조의 길이다.

그것은
그 사람이 살은 삶의 흔적이며
삶이 남긴 발자취며
자기 가치를 위해 노력한 시간들이 쌓인
삶의 역사가 된다.

2. 천심(天心)

천심(天心)은
하늘 마음이다.

사람이 착하고 남에게 해를 안 끼치는
선한 사람을 흔히 천심을 가졌다는 말을 한다.

고운 마음을 지니고
착하게 사는 사람을 천심이라고 하는 것은
천심은 고운 마음이라는 생각을 하기 때문이다.

누구나 천심을 가진 사람을 좋아하고
천심을 가진 사람들이 많아지기를 바란다.

그러나, 정작 자신은
천심을 가진 사람이 되려고 생각하지 않는다.

그것은, 천심을 가지면
삶에 도움이 되지 않는다고 생각할 수도 있다.

왜냐면, 착하다 보면

착한 마음 때문에
무엇이든 남보다 양보하게 되고
자신의 권리를 손해 보는 것 때문일 수도 있다.

그렇게 생각하는 사람이라도
주위에 모두가 천심을 가진 고운 마음의
사람이기를 바란다.

그것은, 이 사회가
살기 좋은 세상이기를 바라는 마음 때문이리라.

그렇게 되기 위해서는
한 사람, 한 사람 모두가 전체를 생각하는
깊은 의식의 사고가 열려야 한다.

사람의 세상은
사람의 관계 속에 삶이 이루어지므로
사람의 의식과 사고가 바뀌어야
세상이 바뀌는 것이다.

막연히,
세상이 좋아지기를 바라며 기다린다고 해서
좋은 세상이 되는 것은 아니다.

나, 혼자라도 바뀌면
나를 인연한 관계의 사람들에게 영향이 미치고

서로의 관계 속에 삶의 환경은 변화하며
작은 노력은 크게 드러나지 않아도
그 사람과 인연한 관계의 사람들은
그 사람의 따듯함을 인식하며
삶의 좋은 영향을 받게 될 것이다.

자신의
작은 권리와 이익만을 크게 생각하면
자신의 이기적인 뿌리를 벗어나지 못해
큰일을 할 재목의 사람이 되지 못한다.

천심에는,
허공처럼 모두를 수용하는
착함만 지니고 있는 것이 아니다.

천심에는, 태양의 마음도 있고
어둠을 밝혀주는 달님의 마음도 있고
모두가 잠든 밤에도 잠들지 않고
어둠 속에 우주의 신비한 보석처럼
정신이 깨어있는 별들의 마음도 있다.

그 사람의 마음과 정신이
태양과 같고, 달과 같으며, 별과 같다면
착함을 초월하여
세상의 해님이며, 달님이며, 별님이니
모두가 우러르는

세상 모두가 존중하는 사람이 될 것이다.

자신의 작은 욕망보다
세상을 생각하는 시야가 열리면
세상 속 태양과 같이 두루 밝히는 해님도 되고
어두운 곳 밝혀주는 달님도 되고
세상 만물 모두가 잠들어도
정신이 밝게 깨어있는 별님도 되어
삶의 세상이 아름다운 천심의 세상이 되리라.

삶은 누구를 위함보다
자신의 사회적 가치를 위한 삶의 경영이니
그 가치가 세상 속 햇빛도 되고
사람들 마음속 달빛도 되고
모두의 정신 속에 별빛이 되어
삶과 세상이 아름다운
천심(天心)의 세상이 되리라.

그대가,
바로 세상 속 해님이며
사람들 마음속 바로 달님이며
모두의 정신 속 별님이니,
아름다운 세상
천심(天心)의 세상이게 하소서.

3. 이(利)

이(利)는
이로움이며, 보람이며, 기쁨이며, 행복이다.

이(利)를
소극적인 자기 관점에서 수용하는 견해와
열린 정신으로 사회적 관점에서 수용하는 견해가
이(利)를 보는 시선과 관점의 성격이 다르다.

서로 이로운 생각을 가지고
서로 이로운 사람이 되도록 노력하며
더불어 행복한 삶을 생각하고 노력하는 것이
행복한 세상을 열어가는 사회정신이다.

깨어난 이 정신이
곧, 공유의식(共有意識)이다.

삶이 하나를 이룬 공유의식은
개인 삶의 행복과 행복사회를 이루는
행복세상의 기본의식이며, 기본마음가짐이다.

공유의식이 사라지면
개인의식은 사회성을 잃어 삭막하며
항상 자신만 생각하는 이기적인 성격에 젖어
남과 세상을 수용하지 못하는 편협함은
더불어 아름다운 행복한 삶을 생각하지 못한다.

개인적 이(利)를 우선하여 추구하든
사회적 이(利)를 더불어 생각하며 추구하든
개인과 사회는 공유된 관계이므로
어느 누구든 사회를 벗어난 삶은 없고
어느 사회든 개인의 삶을 벗어난 사회는 없다.

사회가 행복사회가 되지 못하면
개인의 삶도 그 속에 이루어지므로
행복한 삶의 환경이 될 수가 없다.

또한, 개인의 삶이 행복하지 못하면
사회도 더불어 행복한 안정된 사회성을 잃어
행복한 사회가 되지 못한다.

개인과 사회는 공유되어 있어
서로 떨어져 있는 것이 아니다.

개인과 사회는 서로 공유된 관계이니
개인과 개인이 공유된 집단이 사회이며
사회는 개인적 삶이 공유된 공동체이다.

그러므로,
개인의 행복은 그 사회 속에 이루어지며
행복한 사회도 개인의 삶을 벗어나 있지 않다.

사회정신은
하나 된 상호작용의 공유의식(共有意識)이며
공유의식이 상승하고 높아질 때
그 사회는 건강하며 건전한 사회가 되고
모두의 삶이 행복하고 아름다운 세상이 된다.

모두 하나 된 공유의식이
행복사회로 가는 아름다운 의식이며
나의 삶이 바람직한 공유의식 속에 성장할 때
그 삶의 행이 곧, 사회의 행복으로 공유되며
사회의 행복은 개인의 혜택으로 돌아가는
선순환 구조의 아름다운 세상이 이루어진다.

개인이
사회성인 공유의식이 없거나, 부족하면
그 의식은, 또 다른 개인에게 피해를 주게 되며
그 사회는 삶의 아름다운 공유의식이 사라져
서로 자기 이익을 위한 대상으로만 삼을 뿐
모두가 행복한 세상을 추구하는 사회성을 잃는다.

개인이
사회와 하나 된 공유의식이 높아질 때

그 사회는 삶이 행복하고 아름다운 세상이 되며
삶의 정신이 하나 된 공유의식으로 거듭날 때
그 세상 사람은 한 공유의식 속에 서로 행복하고
서로 공유된 공생의 아름다운 삶을 살게 된다.

행복한 삶의 세상이 되지 못하는 것은
사회적 공유의식이 부족한 결과이니
그 사회가 행복한 삶의 세상이 되는 길은
더없는 가치를 생성하는 아름다운 사회정신인
하나로 결속된 공유의식이 상승한 사회이다.

이것이
행복한 세상, 이(利)의 정신이며
삶의 행복세상 꿈의 이상(理想)을 추구하는
아름답고 행복한 이(利)의 이념이다.

이(利)의 공유정신은
개인 개인의 가슴속 행복한 바람을 간직한
세상을 향한 사회정신이 성숙한 마음이며
정신이 깨어난 밝은 이성과 지성의 지혜인
성숙한 도(道)의 마음이다.

4. 위대한 삶

위대한 삶이라 하면
어떤 성인(聖人)이나
어떤 영웅의 삶을 생각하게 된다.

어떤 성인(聖人)이나
어떤 영웅의 삶이 위대한 삶임은
그 업적과 영향을 후세에 배움으로 알게 되고
보통 사람의 생각과 능력으로는 할 수 없는
삶을 살았기 때문이다.

지금은 단지
그분들의 크나큰 업적만 생각할 뿐
그분들의 진지한 내면의 고뇌와 고통과 시련을
깊이 있게 생각해보지 않는다.

그러나
위대한 어떤 결과의 삶에는
한 치도 물러설 수 없는
진정한 깊은 고뇌와 고통의 시련이 없이는
어떤 가치의 삶도 창출할 수가 없다.

깊은 고뇌와 고통의 시련은
자의에 의한 것이든 타의에 의한 것이든
직면한 상황의 환경이든
자신을 더 나아갈 곳 없는 외 다른 길의 끝에
서게 한다.

더 물러날 곳 없고
더 피할 수 있는 곳 없는 일 점에서
선택할 수 있는 길은
모든 것을 내려놓은 냉철한 하나의 선택
그뿐이다.

이러저러한 잡생각과
고뇌와 갈등이 있을 수가 없는
최후의 선택
그것은 불사신(不死身)이 되는 그 하나뿐이다.

그 마지막
선택 일 점에 선 자의 선명한 마음을
생각하거나 이해하지 못하면
단순, 성인(聖人)과 영웅의 업적만 생각할 뿐
그 위대한 인간의 길을 알 수가 없다.

그들의 위대한 삶
내면의 진정한 깊은 고뇌와 아픔을
깊이 이해하고 생각하므로

나 자신이 어떤 삶을 살아야 하는 가를
새롭게 조명하고 생각하게 된다.

내가 사는 삶은
남의 삶이 아닌 나의 삶이니
나의 삶에 남을 탓하거나 원망하는 나약함보다
자신의 부족한 역량을 기르고
남을 수용하는 넓은 도량을 지니며
시대의 상황과 사람을 바로 보는 안목을 길러
더없는 가치의 자질을 갖추어야 한다.

무엇이든 안일한 마음은
자신의 정신을 둔하게 만들고
안목 없는 헤아림은 자신의 부족함만 드러나며
무엇이든 쉽게 선택하고 결정함은
후회의 삶만 남기게 된다.

위대한 삶을 산 자의 깊은 고뇌는
한순간 선택이 현명하지 않으면
씻을 수 없는 후회를 남기기 때문이다.

또한,
무엇이든 명확하고 분명하지 않은 길을
선택하지 않음은
그 선택의 어리석음이
삶을 다시 되돌릴 수가 없기 때문이다.

위대한 삶은
자신이 처한 상황을 긍정으로 수용하며
선택과 결정에 경솔하지 않고
항상 최고가 아닌 최선을 지향하며
명확하고 분명한 선택에는 생명을 다하는
뜨거운 열정의 더없는 정신이
살아있었기 때문이다.

위대한 삶은
위대한 생각과 정신에서 나오니
지금 자신이 무슨 생각에 젖어 있는지
잠잠히 되돌아보는 것도
지금 삶의 길에 도움이 될 수가 있다.

사소한 것에 전체를 잃을 수도 있고
현명하지 못한 망설임이 때를 놓칠 수도 있으며
무엇이든 감정에 치우치지 말고
언제나 현명한 지혜를 행해야 한다.

현명함이 아니면
함부로 행동하지 말고

망설임이 있다면
선택의 가치가 무엇인가를 깊이
되살펴야 한다.

내일 삶의 모습은
오늘의 현명한 생각과 판단의
선택에 달렸다.

5. 대인(大人)

대인(大人)은
훌륭한 사람이다.

대인(大人)이란
누구나 본받을 만한 훌륭함을 갖춘
사람을 일컬음이다.

대인(大人)은
보통 사람의 마음 씀과 생각과 행동보다
뛰어남이다.

생각함이 성숙하고
남을 존중하며 배움의 자세를 항상 가지면
생활하는 주위에도 대인(大人)이 있음을
깨닫게 된다.

대인(大人)은
부족함이 없이 완벽하고 특별한 사람이 아니다.

내가 배울 점이 있고

나보다 나은 점이 있는 사람은
나보다 대인(大人)이다.

자신의 부족함은 되돌아보지 않고
생각이 성숙하지 못하여 자만함이 있어
남을 가볍게 여기는 교만과 경솔함이 있다면
그 시각으로 대인(大人)을 알 수가 없다.

생각함이나 행동이
나보다 한 발자국 앞서 나아간 점이 있으면
내가 능히 배울 바 있는 이로운 점을 가진
대인(大人)의 속성이 있음이다.

무엇이든 좋고 나쁨과
크고 작음을 인식하는 안목이 나의 시각이니
나보다 나은 사람에게는 좋은 점을 배우며
나보다 못한 사람에게는 그 행동에서
나의 행동을 되돌아보는 계기가 되어야 한다.

삶 속에 나보다 나은 대인(大人)을 발견할수록
나의 안목과 시각은 대인(大人)을 닮아가며,
삶 속에 대인(大人)을 발견하지 못하면
드러낼 것 없는 자만에 남을 경솔하게 보는
소인(小人)의 경솔한 안목 속에 살게 된다.

겸손은 대인(大人)이 가진 성품이며

자만하지 않음은 대인(大人)의 마음가짐이며
남을 존중하고 배려함은 대인(大人)의 기질이며
가볍고 경솔함이 없음은 대인(大人)의 행동이며
귀한 것을 귀하게 보고 천한 것을 천하게 봄은
대인(大人)의 안목이며,
귀한 것을 존중하고 천한 것을 멀리함은
대인(大人) 삶의 철학이다.

마음이 경솔한 그것이 자만이며
남을 가볍게 봄이 그것이 경솔함이며
자신을 되돌아보지 못함이 어리석음이며
귀하고 천함을 분간하지 못함이
안목이 성숙하지 못한 미숙함이다.

삶 속에 대인(大人)이 없다 함은
자신의 못남을 되돌아보지 못한 자만이며
귀하든 천하든 모두를 보며
자신을 되돌아보며 배울 점이 있음은
대인(大人)의 겸손한 안목이다.

세상 사람 중
대인(大人)이 되지 못한 사람은
남을 대함이 경솔하고
스스로 자만을 버리지 못한 자신뿐이다.

6. 인연(因緣)

인연(因緣)은
서로의 관계이다.

인연(因緣)은
인(因)은 변화의 주체이며
연(緣)은 주체를 변하게 하는 상대이며
조건이며, 환경이다.

인(因)은 씨앗이며
연(緣)은 인(因)을 싹트게 하고
성장 변화하게 하는 상황의 환경이다.

인(因)과 연(緣)은
상호작용하는 관계를 일컬으며
상호작용 속에 무엇을 주체로 보느냐에 따라
인(因)과 연(緣)의 관계는 서로 바뀌게 된다.

사람의 관계에서는
항상 자신이 상호관계의 주체가 되므로
자신이 인(因)이며 상대는 나의 연(緣)이 된다.

그러나 상대를 주체로 보면
상대가 인(因)이며 나는 상대의 연(緣)이 된다.

작용과 변화의 주체가 인(因)이며
주체를 작용하게 하고 변화하게 하는 객체가
연(緣)이 된다.

꽃의 씨앗이 인(因)이며
인(因)을 싹트게 하는 땅과 물과 햇볕과
주위 환경이 연(緣)이 된다.

무엇이든
인(因)만으로 싹트고 변화하지 않는다.

무엇이든 싹트고 변화하게 하는 것에는
반드시 그 작용을 하게 하는 조건인
연(緣)에 의해서이다.

만약, 인(因)이 있어도
인(因)을 싹트게 하는 연(緣)이 없으면
인(因)이 있어도 싹트지 않는다.

그러므로
인(因)도 중요하겠으나
인(因)을 싹트게 하는 연(緣)은 더욱 중요하다.

왜냐면
인(因)이 어떻게 성장하느냐는 것은
연(緣)의 조건에 달렸기 때문이다.

아무리 좋은 인(因)도
좋은 인(因)을 싹트게 하는 환경이 되지 못하면
인(因)의 훌륭한 특성을 발휘할 수가 없다.

또한, 특별하지 않은 인성(因性)이어도
좋은 환경을 만나면
좋은 결과를 발휘할 수가 있다.

인(因)도 중요하겠으나
인(因)도 좋은 연(緣)을 만나는 것이
더욱 중요하다.

인(因)이 좋은 선연(善緣)을 만나면
인(因)의 특성이 잘 발휘할 수가 있으나
인(因)이 나쁜 악연(惡緣)을 만나면
인(因)이 좋아도 그 특성을 발휘할 수가 없다.

그러므로 만물의 성장에는
그의 특성에 알맞은 생태환경이 중요하다.

선인(善因)과 선연(善緣)이 만나면
최상의 결과를 도출할 수가 있으며,

선인(善因)과 악연(惡緣)이 만나면
선인(善因)의 특성이 최대한 발휘할 수 없으며,
악인(惡因)과 선연(善緣)이 만나면
악인(惡因)이 선인(善因)으로 변할 수 있으며,
악인(惡因)이 악연(惡緣)을 만나면
최악(最惡)의 결과가 일어날 수가 있다.

그러나
특별한 최상 상태의 연(緣)을 만나면
어떤 인(因)이어도 그 인(因)의 좋은 결과를
얻을 수가 있다.

그러나
콩이 팥이 되지 않고, 팥이 콩이 되지 않듯
그 특성이 변함이 없는 것은
인성(因性)의 특성에 따라 바뀌지 않는
특성이 있기 때문이다.

그러나
모든 존재의 작용은 변화 속에 있으므로
어떤 인성(因性)의 작용을 하느냐에 따라
그 인성(因性)이 변화하고 달라지며
악인(惡因)이 선인(善因)도 될 수가 있다.

그것은
인성(因性)의 성질과 특성에 따라 다르다.

인(因)이 선연(善緣)을 만남이 행복이며
인(因)이 악연(惡緣)을 만남이 불행이다.

그러나
자신이 선연(善緣)이 되어
만나는 인연마다 선연(善緣)이 되면
성인(聖人) 없는 이 세상에 밝은 등불이 되어
어둠 속에 빛나는 별과 같이
세상을 밝게 하는 삶 속의 별과 같은
빛의 생명이 될 수가 있다.

모두가
선연(善緣)이면
인연마다 밝음을 주고
만나는 인연마다 기쁨을 주며
환(幻)과 같은 삶 속에 선연(善緣)의 빛이 되어
아름다운 선연(善緣)의 꽃과 향이 피어나는
세상이리라.

7. 상생(相生)

상생(相生)은
서로 위함이다.

상생(相生)의
상(相)은 서로, 또는 함께라는 뜻이며
생(生)은 위함이다.

상생(相生)의 깊이는
개체로부터 둘 없는 혼연일체에 이르기까지
작용 차원의 차별이 있다.

상생의 근원은
자연 섭리의 상생작용이 근원이며
상생작용의 차원은 개별적 생태 상생으로부터
전체가 한 생명작용에 이르기까지 깊어진다.

상생 섭리의 근원은
우주의 근원 본성에 이르기까지 깊어진다.

모든 존재는
상생 생태환경 속에 생성되어 존재하며
상생 환경 속에 삶을 살아가고 있다.

상생의 근원은 생명작용이며
상생의 작용이 끊어지면
그 어떤 존재이든 소멸하게 된다.

모든 존재는 상생 속에 존재하며
상생의 생태를 벗어나면
존재 유지의 작용이 끊어져 존재는 자멸한다.

상생은
존재 생태의 작용이며
존재 유지의 생명작용이 상생작용으로
이루어진다.

상생이
단순 서로 도와주는 작용으로부터
생명을 같이하는 한 생명작용에 이르기까지
상생작용의 뿌리를 같이한다.

상생작용이 이루어지는 것은
모든 존재는 홀로 존재할 수 없으며
상생 환경에 의지해야만 존재할 수가 있다.

모든 존재는 상생작용 속에 생성되어
상생작용 속에 삶과 생명을 유지하게 된다.

개별적 상생작용은
사회적 삶 속에 서로 상생하는 관계와 같으며
혼연일체의 상생작용은 우주 자연의 섭리와 같이
상생의 개념을 벗어난 한 생명작용이다.

이를 인체에 비유하자면
두 눈이 상생하여 서로 부족함을 채워주며
두 귀가 상생하여 서로 부족함을 채워주며
두 손이 상생하여 서로 부족함을 채워주며
두 다리가 상생하여 서로 부족함을 채워준다.

이 관계는
상생의 인식관계를 초월한
자연 섭리의 한 생명작용으로
서로 한 몸으로 위하고 도우며 부족함이 없는
자연 섭리 운행의 상생 원만행(圓滿行)이며
천지 운행과 자연 섭리의 생명작용인
한 생명 한 몸 생태환경 상생의 조화이다.

이 섭리 생태의 작용이
천지 운행 자연의 섭리와 기후의 생태 변화와
만물 생태환경 변화의 작용이다.

두 눈이 두 손과 두 발의 움직임을 도와주고
두 귀가 소리를 일깨워 의식을 깨어나게 하며
온몸의 감각과 움직임이 의식을 도와
한 몸 한 생명작용을 하는 섭리에는
천지 운행의 섭리와 작용의 비밀스러움이
고스란히 들어 있다.

천지 운행의 섭리에는
각각 개별적 운행으로 운영될 수가 없다.

전체가 하나인 한 섭리의 조화 속에
천지 만물 개체의 생태작용이 이루어지니
개체의 시각에서 보면 각각 차별이어도
전체가 한 생명 한 섭리의 생태작용이니
일체의 차별이 한 섭리의 작용 속에 이루어지는
개체 특성의 차별상이다.

이는
인체(人體)의 각각 기능의 성질과 작용이 달라도
서로 상생의 한 생명 생태작용과 같다.

의식이 밝아지고
자연의 섭리를 깨닫게 되면
상생의 근본이 자연과 우주의 생명작용이며
모든 존재 본성의 생명작용임을 알게 된다.

생명의 작용은
둘 없는 생명 본성의 작용으로
둘 없이 화합하고 융화하는 생명력을 가지며
불이(不二)의 무한 성품
우주와 자연의 근원, 무한 생명력이다.

불이(不二)의 무한 생명력은
무한 절대 순수 생명사랑의 근원이며
무한 열린 의식 상승이 생명 근원에 들기 전에는
차별 의식의 사랑을 벗어날 수가 없다.

생명 그 자체가 사랑 성품이며
생명의 속성이
둘 없는 무한 절대 사랑의 성품이다.

생명 본성작용이 둘 없는 상생의 근원이며
상생은 생명 본성의 순수작용이다.

생명, 본성, 사랑성품은
작용의 차별을 따라 이름을 달리한 것일 뿐
다름없는 한 성품이다.

그 순수 생명 성품의 작용을 이름하여
상생(相生)이라고 한다.

상생(相生)은

존재의 근원 본 성품
둘 없는 순수 생명작용으로
본래 둘 없는 한 생명 순수 성품의 힘이며
작용이다.

8. 복(福)과 낙(樂)

삶의 풍요로움이
복(福)과 낙(樂)이다.

복(福)은 누리는 혜택이며
낙(樂)은 즐거움이다.

누구나
복(福)이 많기를 원하며
삶이 기쁨과 행복한 낙(樂)이기를 원한다.

복(福)이
많기를 원하는 까닭은
좀 더 많은 혜택 속에 살고자 하기 때문이다.

항상 낙(樂)을 원하는 것은
괴로움 없는 삶의 기쁨과 행복을 위해서다.

복(福)과 낙(樂)은
반드시 비례하는 것이 아니다.

복(福)이 많다고 낙(樂)만 있는 것도 아니며
낙(樂)이 있다고 복(福) 때문도 아니다.

삶의 시련과 아픔
기쁨과 행복은 춘하추동처럼
누구나 겪게 되는 삶의 속성이다.

똑같은 복(福)의 상황이어도
그 복(福)을 어떻게 수용하고 이해하느냐에 따라
행복할 수도 있고
행복을 인식하지 못할 수도 있다.

첫째인 존재의 복(福)은
이 몸이 존재로 살아 있음이 복(福)이다.

이 몸이 존재하지 않으면
어떤 것이든 삶의 혜택을 누릴 수가 없다.

이 몸이 존재하고 있음에
항상 감사해야 한다.

이 몸에 의지해 삶을 살아가니
이 몸이 없으면 삶도 없기 때문이다.

둘째인 자연환경의 복(福)은
이 몸이 살 수 있는 무한 생태환경의 혜택이다.

이 몸이 어디에든 갈 수 있는
무한 허공이 펼쳐져 있음이 무한 감사며
이것이 복(福)이며 기쁨이며 행복이다.

이 몸을 지탱하고 의지할 수 있는
땅이 있음이 무한 감사며
이것이 복(福)이며 기쁨이며 행복이다.

모든 사물을 밝게 분별할 수 있고
어둠 없는 빛이 있음이 무한 감사며
이것이 복(福)이며 기쁨이며 행복이다.

생명을 유지할 수 있는 물이 풍족함이
무한 감사며
이것이 복(福)이며 기쁨이며 행복이다.

이런 생태환경 속에
나 생명 존재가 살아 있음이 무한 감사며
이것이 복(福)이며 기쁨이며 행복이다.

셋째인 사회환경의 복(福)이니
나를 생각하고 위하는 가족이 있음이
무한 감사며
이것이 복(福)이며 기쁨이며 행복이다.

그리고

삶을 같이 살아가는 사람들과
사회가 있음이 무한 감사며
이것이 복(福)이며 기쁨이며 행복이다.

그 생태환경 속에 삶을 꿈꾸며
서로 의지하고 위하며 서로 돕는 환경 속에
살아가는 이것이 무한 감사며
이것이 복(福)이며 기쁨이며 행복이다.

이것이
나의 존재가 누리는 무한 혜택인
복(福)의 세계이며
이 무한 혜택 복(福)의 세계가 없으면
나의 존재가 살아갈 삶의 세상
생명의 터전을 잃게 된다.

넷째인 삶의 인연 복(福)은
사랑하고 정(情)을 가진 사람의 관계와
삶의 의미와 가치를 갖게 하는
꿈을 위한 삶이다.

복(福)은 쟁취하는 것이 아니라
자신이 누리는 무한 혜택에 감사하는
이것이 복(福)이며 기쁨이며 행복이다.

낙(樂)은

이 상황을 어떻게 수용하며
이해하느냐의 의식의 상태에 따라 다르다.

풍족함이어도
감사를 몰라 기쁨과 행복을 모르는 사람도 있고
모든 것이 소중한 은혜와 감사임을 알아
기쁨과 행복인 사람도 있다.

낙(樂)은
단순, 누리는 것에 있음이 아니라
삶의 다양한 생태 상황을 어떻게 수용하며
의식이 깨어있느냐에 따라 다르다.

의식이 열린 만큼 무한 은혜인 혜택의 세계와
생명 존재의 감사를 알게 되며,
감사를 모르는 낙(樂)은 진정한 행복이 아니라
자기 욕구 만족의 세계일 뿐이다.

욕구의 만족은 끝이 없으니
끝없는 욕구의 만족을 집착하게 된다.

그 집착은 어떤 상황에도 만족할 수 없는
상황의 삶을 만들게 되므로
욕구를 위한 삶에는 진정한 기쁨과 행복이
있을 수가 없다.

복(福)은 은혜와 혜택에 있으니
감사함이 없으면 복(福)을 인식할 수 없고,
복(福)을 누리는 혜택이
곧, 낙(樂)의 기쁨과 행복이니
감사를 모르는 삶에는 낙(樂)이 메마르다.

삶에도
삶과 자신을 경영하는 지혜가 필요하니
순수 감사와 사랑에 눈을 뜨면
그 속에 삶의 복(福)과 낙(樂)이 있음을
새롭게 깨닫게 된다.

삶 속에 부족함이 있어도
감사를 알면
그 속에도 삶이 넉넉함을 깨우치며

기쁨과 행복이 부족해도
감사와 사랑하는 마음을 가지면 그보다 더한
기쁨과 행복이 없음을 깨닫게 된다.

복(福)을 인식하고
낙(樂)을 생각함도 마음에 비친 수용의 세계이니
의식이 열리고 마음의 상태가 달라지면
복(福)과 낙(樂), 이것이
자신이 노력하지 않았어도 누리는 무한 감사의
은혜와 혜택의 세계임을 깨닫게 된다.

어느 순간
존재의 혜택에 의식의 눈을 뜨게 되면
그것은 무한 감사의 복(福)과
낙(樂)의 세계임을 깨닫게 된다.

삶의 진정한 소중함을 깨닫는 것은
감사와 사랑이 공존하는
그 속에 삶의 소중한 진실을 깨달으니
그 의식의 눈이 열리면
그때야 진정한 복(福)과 낙(樂)을
알게 된다.

9. 이성(理性)과 지성(知性)

이성(理性)과 지성(知性)을 논함에는
이성과 지성을 논하는
성품의 깊이와 차원에 따라 다르다.

왜냐면
의식의 성품 자체가 한 종류가 아니므로
몸으로 촉각하고 느끼는 표면의 얕은 차원에부터
촉각하는 의식이 알 수 없는 몇 겹의 무의식
깊은 차원에까지 여러 겹의 차원으로
이루어져 있기 때문이다.

비유하면
빛은 밝음 하나뿐이어도
빛의 분석 심층세계에 들어가면
파장이 서로 다른 무수 종류의 빛이 존재하며
빛의 특성, 파장에 따라 우리의 눈으로 인식하는
무지개 색깔처럼 빨주노초파남보 색깔의
빛의 특성이 있는 것과도 같다.

보통 일상의 마음으로는
얕고 깊은 여러 차원의식을 인식하지 못함은

몸으로 촉각하고 느끼는 의식은 표면 의식이므로
그 표면 의식에 머물러 있으면
더 깊은 의식의 층은 인식할 수가 없기 때문이다.

여러 층으로 이루어진 의식의 차원을 알려면
정신수행을 통해 그 의식의 차원에 듦으로
각각 성질이 다른 의식의 차원을 깨닫게 된다.

그러므로,
이성(理性)과 지성(知性)을 논함이
어느 차원의 의식에 기준한 것이냐에 따라
이성과 지성을 논하는 성품의 차별과
성질과 작용이 다르다.

의식 차원에 따라 성품 작용의 특성이 다르므로
의식의 차원을 분리하여 구별하지 않으면
이성(理性)과 지성(知性)을 논함에 있어서
개념이 서로 상반되거나 부딪히거나
또는, 옳고 그름과 바르고 바르지 못함의 차별과
논리적 불합리성에 시비심을 가질 수도 있다.

의식의 각각 차원은 생각하지 않고
이성(理性)과 지성(知性)을 논하다 보면
논하는 이성(理性)과 지성(知性)이
자기 인식 한계의 분별과 관념의 한계에 예속된
논이 될 수도 있다.

이성(理性)과 지성(知性)의 근원 성품은
차별 없는 하나이다.

왜냐면
이성(理性)도 한마음의 작용이며
지성(知性)도 한마음의 작용이기 때문이다.

그러나
이성(理性)과 지성(知性)을 분별하고 나눔은
마음의 작용에 이성(理性)과 지성(知性)이
서로 같지 않은 성품의 차별이 있기 때문이다.

이는, 빛이 하나이나
빛의 특성 파장에 따라 빛의 성질과 작용이
다른 것과도 같다.

하나의 마음이어도
이성(理性)과 지성(知性)의 성품 작용이
서로 다른 차별이 있기 때문이다.

이성(理性)과 지성(知性)의 근원은
마음 본성인 한 성품이다.

그러나
이성(理性)과 지성(知性)의 작용이 다름은
마음 성품의 작용이 빛의 성질과 같이

작용이 서로 다른 차별의 특성이 있기 때문이다.

이성(理性)의 근원이며 뿌리는
마음 본성의 특성인 열반성(涅槃性)이며,
지성(知性)의 근원이며 뿌리는
마음 본성의 특성인 보리성(菩提性)이다.

이성(理性)의 근원 열반(涅槃)의 성품은
평안과 안락, 평화와 행복의 뿌리 성품이며
그 특성은 절대 평등과 절대 평안과 절대 균형과
절대 조화(調和)와 절대 평화인
절대 안정의 상태, 절대 평(平)의 성품이다.

이 성품은
본래 티끌 없고 무엇에도 때 묻음 없는
순수 사랑과 무한 자비 마음의 근원이며
뿌리의 성품이다.

만약, 열반성(涅槃性)의 상태를 벗어나면
순수 성품 이성(理性)의 작용으로
마음이 절대 평등하지 못하고, 평안하지 못하며,
절대 안정인 균형을 잃어 조화(調和)가 파괴되어
절대 안정인 열반성(涅槃性)을 벗어나므로
순수 이성(理性)의 작용으로 불안 심리를 느끼며
절대 안정의 행복 성품인 열반성(涅槃性)으로
되돌아가고자 하는 무의식 반응작용을 하게 된다.

끝없이
자기의 절대 안정과 행복을 추구하는 그 원인도
본래의 성품, 절대 행복의 열반성(涅槃性)으로
되돌아가고자 하는 무의식적 반응 심리에 의한
자연반응현상의 작용에 의함이다.

지성(知性)의 근원 보리(菩提)의 성품은
항상 깨어있는 각성(覺性)인 밝음의 성품이며
그 특성은 절대 긍정(肯定) 정의(正義)와
절대 치우침 없는 바름의 성품으로
절대 정의(正義)인 정(正)의 성품이다.

이 성품은
무엇에도 치우침 없고 걸림 없는 밝은 지혜의
근원이며 뿌리의 성품이다.

만약, 절대 긍정(肯定) 정의(正義)를 벗어나면
순수 지성(知性)의 바름(正)을 확립하고자 하는
절대 긍정(肯定) 밝은 성품 반응의 심리작용
순수 정의(正義)를 확립하려는 자연 반응심리의
작용을 하게 된다.

이성(理性) 정의(正義)의 근원은
열반성(涅槃性)의 작용, 절대 안정 평안인
절대 행복 성품으로
무한 순수 사랑과 자비의 근본 성품이다.

지성(知性) 정의(正義)의 근원은
보리성(菩提性)의 작용, 절대 치우침 없는 긍정
절대 광명의 성품으로
무한 순수 밝은 지혜의 근본 성품이다.

이성(理性)과 지성(知性)의 근원은
마음 본래의 성품인
절대 행복의 열반성(涅槃性)과
절대 광명의 보리성(菩提性)이다.

이 성품의 작용은
순수 마음 본성의 절대 안정과
평안을 유지하는 밝음의 작용으로
절대 긍정 지복(至福) 상태인 성품의 안정
순수 평화와 행복을 유지하는
마음 성품 밝음의 순수 작용 자연반응 현상이다.

이성(理性)과 지성(知性)의 성품 작용이
열반성(涅槃性)인 정(靜)의 특성과
보리성(菩提性)인 명(明)의 특성이 차별이 있어
그 차별성이 몸의 기능 특성의 작용과 융화하여
어우름에 따라, 몸의 특성 기능에 따라
서로 달리 발현함의 차별성이 있다.

이런 작용은
마음은 하나이나 의식의 작용은

몸의 감각기능의 장소를 달리하여 인식하듯
눈으로는 사물을 보며
귀로는 소리를 듣는 것과 같이
육체 기능특성의 차별성을 따라
순수 이성(理性)과 지성(知性)이 발현하는 곳이
서로 다르다.

절대 안정과 평안과 행복의 열반성(涅槃性)인
몸을 통해 이성(理性)이 발현하는 몸의 장소는
진아(眞我)의 혼(魂)이 깃들어 있는 가슴이다.

절대 긍정(肯定) 밝음의 지혜 보리성(菩提性)인
지성(知性)이 발현하는 몸의 장소는
항상 깨어있는 지성(知性)이 작용하는 두뇌이다.

그러므로
순수 행복감은 가슴으로 느끼며
순수 절대 긍정의 밝음은 두뇌로 자각하게 된다.

순수 이성(理性)과
순수 지성(知性)의 차별작용은

순수 정(靜)의 성품 이성(理性)은
순수 순응의 본성 수용감성(受用感性)인
입(入)의 작용으로
이성(理性)의 성품이 발현하여 작용한다.

순수 명(明)의 성품 지성(知性)은
순수 발현의 본성 생기각명(生起覺明)인
출(出)의 작용으로
지성(知性)의 성품이 발현하여 작용한다.

그러나
이성(理性)과 지성(知性)은 몸의 특성에 따라
발현함의 장소가 달라도
한마음의 작용이며
한 몸의 작용이므로 서로 융화하여
이성(理性)이 지성(知性)을 일깨우고
지성(知性)이 이성(理性)을 일깨우니
서로 원융조화(圓融造化)의 작용으로
마음과 몸, 이성과 지성이 융화(融和)한
일체(一體)의 작용을 하게 된다.

이성(理性)의 정의(正義) 절대성(絶對性)은
본래의 성품,
절대 안정과 평안의 정(靜)의 성품으로
무한 절대 평화와 행복의 성품이며

지성(知性)의 정의(正義) 절대성(絶對性)은
본래의 성품,
절대 밝음과 바름인 명(明)의 성품으로
무한 절대 중(中)과 정(正)의 지혜의 성품이다.

의식의 성품이
본성의 이성(理性)과 지성(知性)을 벗어난
차별 의식세계의 성품이면
두 종류의 이성세계와
두 종류의 지성세계를 인식하고 분별하며
사유하게 된다.

이는,
일체 차별의식 작용의 세계이므로
이 관념으로 이성과 지성을 분별하고 사유하면
하나는 차별의식 작용의 이성과 지성을 인식하고,
또 하나는, 순수 긍정 정의(正義)의 지향성인
순수의 이성과 지성의 세계를 인식하게 된다.

차별작용의 이성(理性)과 지성(知性)은
감각과 인식에 의한
순수 감성과 지성적 모든 마음의 작용이다.

순수 긍정 정의의 이성(理性)과 지성(知性)은
차별작용 속에 항상 변함없는 순수성으로
순수 긍정 유지의 정의적(正義的) 순응심인
순수 이성(理性)과 지성(知性)이다.

또한, 행위의 이성과 지성이 있으니
순수 긍정의 절대 정의적 순응심을 바탕으로
바름과 평정의 당연한 섭리를 따르고 순응하는

순수 안정과 평화의 정의(正義)를 확립하는
행위의 이성(理性)과 지성(知性)이다.

순수와 관념과 행위의
이성(理性)과 지성(知性)을 벗어나
궁극의 마음, 무한 절대 본성에 이르면,
심장이 피를 손끝과 발끝에 보내어
손과 발을 살아있게 하고 움직이게 하듯
모든 차별의 이성(理性)과 지성(知性)이
마음 본래의 성품, 절대 안정과 절대 평화와
절대 행복의 성품
궁극 본연의 절대성을 유지하려는
자연 반응현상의 작용임을
깨닫게 된다.

이성(理性)의 근원이 열반성(涅槃性)이며
지성(知性)의 근원이 보리성(菩提性)이다.

열반성(涅槃性)과 보리성(菩提性)은
그 근원이 하나인
마음 본성의 절대 성품
정(靜)과 명(明)이 불이(不二)인
부사의 일성(一性)이다.

10. 다보탑(多寶塔)

다보탑(多寶塔)은
무한 끝없이 펼쳐진 하늘,
우주 중심에 우뚝 선
불가사의 한량없는 보배, 보물의 탑이다.

화려하고 장엄함이
허공 가득 많은 보배와 보물을 모아
하늘 높이 탑을 쌓고 쌓아
다보탑(多寶塔)을 이룬 것이 아니다.

마음에 아픔도 내려놓고
상처도 내려놓고
몸이 천 조각나고
혼(魂)이 만 조각으로 흩어져도
나의 모두를 내려놓는 그 아픔들이
허공의 빈 마음이 되어 우주를 가득 채우고

모두를
내려놓은 텅 빈 그 혼(魂)은
텅 빈 그 자체도, 공(空)한 빈 아픔이 있어

빈 그 자체까지도 텅 비워버리니

무엇에도 물듦 없는 티끌 없는 보석,
파괴될 것 없고, 파괴할 것 없는
파괴됨이 없는 청정 진여(眞如)
금강(金剛)이 되어

어둠에도 물듦 없고
해의 밝음에도 물듦 없고
물에도 젖지 않고, 허공에도 젖지 않는
무엇에도 물듦 없는 청정 빛이
끝없이 펼쳐진 허공 가득 걸림 없이
무한 비추니

해와 달이 보석 광명이 되고
삼라(森羅) 만물이 무량 보석이 되어
허공천(虛空天) 층층(層層) 천천(天天)이
허공 보탑(寶塔)이 되어

몸이 부서져 흩어진 천(千) 조각이
텅 빈 허공의 보석이 되고

혼(魂)이 만(萬) 조각
산산이 흩어진 것이 티 없는 보석
무엇에도 물듦 없는 진여(眞如)가 되어

우주 중심에 우뚝 선
불가사의 한량없는 아픔 벗은 보배며
무엇에도 물듦 없는 보물의 탑이니
보는 이마다 말하기를 이름함이
다보탑(多寶塔)이다.

香 1

초판인쇄 2017년 6월 15일
초판발행 2017년 6월 25일

저   자 박명숙
펴 낸 이 소광호
펴 낸 곳 관음출판사

주   소 130-070 서울시 동대문구 용두동 751-14 광성빌딩 3층
전   화 02) 921-8434, 929-3470
팩   스 02) 929-3470
홈페이지 www.gubook.co.kr
E - mail gubooks@naver.com

등   록 1993. 4.8 제1-1504호

정가 23,000원